いつも心の中に

小手鞠るい
Rui Kodemari

金の星社

いつも心の中に

もくじ

プロローグ　古い手紙

夏休みが始まったばかりの、ある日のことです。

九月から、おとうさんが転職《てんしょく》して、遠い町にある会社で働くことになったので、わたしたち家族は、ひっこしの準備《じゅんび》を進めていました。

本、参考書、問題集、ノート。国語辞典、百科事典、動物図鑑《ずかん》、植物図鑑《ずかん》。つぎからつぎへと、段《だん》ボール箱につめこんでいきます。

習字の道具、絵画の道具、ピアノの楽譜《がくふ》、ねこのおきもの、小鳥のおきもの、犬のカレンダー、ライオンのぬいぐるみ、羊のぬいぐるみ、ペン立て、電気スタンド……

ああ、まだまだ、ある。

これじゃあ、段《だん》ボール箱がたりない。

わたしは、別の部屋で荷物の整理をしていたおかあさんのところへ行きました。段《だん》ボール箱を、もっともらおうと思っていたのです。

「おかあさん」

声をかけたのですが、おかあさんの耳には、届《とど》かなかったようです。

おかあさんは、部屋のかたすみで背中《せなか》をまるめて、熱心に何かを読んでいます。

まわりには、いっぱいになった段《だん》ボール箱がいくつか。その中には、古い本や写真アルバムなんかがぎっしり入っています。

いったい何を読んでいるのかな?

近づいていって、うしろからそっとのぞいてみると、それはどうやら手紙のようでした。

たて書きのびんせんに、太めのサインペンで書いてあります。

へたなのか、じょうずなのか、わからないような文字。

漢字は角《かく》ばって、ごつごつしています。ところどころ、文字が罫線《けいせん》から飛びだしています。

「それ、だれからもらったの?　もしかして、ラブレター?」

問いかけると、おかあさんはふりかえって、

「あっ、ばれちゃったか!」

目じりにしわをよせて、うれしそうに笑いました。

それから、その手紙をわたしにさしだしました。

「さつきちゃん、読んでみる?」

「さつき」というのは、わたしの名前です。

「うん」

うなずいて、手紙を受けとりました。

手のひらの上にのせると、「カサッ」と、落ち葉をふんだときみたいな音。

ずいぶん古い手紙なんだなぁ。

いつ、だれが、書いたんだろう。

びんせんは、もともとは白かったのかもしれないけれど、ちょっと黄ばんでいます。

折り目のところが、すりきれそうになっています。

手紙は、合計二枚《まい》。

ふうとうは、ありません。

最後まで読んだとき、この手紙をだれが書いたのか、わかりました。

書いたのは、おかあさんのおとうさん、つまり、わたしのおじいさん。

わたしはこのおじいさんに会ったことがありません。写真で若《わか》いころの顔を見たことはありますが、どんな人なのかは、知りません。おじいさんは、わたしが生まれる前に、亡《な》くなっていたからです。

もう一度、一枚《まい》めにもどって、最初から最後まで、読んでみました。

「おかあさん、この手紙、いつもらったの？　読んだのは、いつ？」

おかあさんは、にっこり笑って言いました。

「遠い昔よ。わたしが、さつきちゃんと同じ年だったとき」

「えっ、ほんと？」

おかあさんはこの手紙をもらったとき、いったいどんな女の子だったのでしょうか。

どこで、どんな気持ちで、どんなことを考えながら、この手紙を読んだのでしょう。

「知りたい？」

「うん、知りたい」

「わかった。教えてあげる」

これは、おかあさんがわたしに語ってくれた、遠い昔のお話です。

むかし、むかし、あるところに、ひとりの女の子が住んでいました。
女の子の名前は「みずき」といいます。
みずきはわたしと同じ、小学六年生の女の子でした。

1　天国の海

「みずきちゃん、何をそんなに熱心に見ているの？」

となりにすわっているおかあさんから、声をかけられた。

まるでおもちゃの窓《まど》みたいな、小さな窓《まど》におでこをぎゅっとくっつけて、わたしはさっきからずっと、窓《まど》の向こうに広がっている空を見つめていた。

きょうから夏休み。

おかあさんとわたしは今、飛行機に乗っている。

「何が見えるの？」

「……」

わたしが何も答えなかったので、おかあさんはわたしの背中《せなか》におおいかぶさるようにして、自分も窓《まど》の外を見ようとした。

おかあさんの体が近づいてきたとき、もわーっと、おかあさんのにおいがした。

幼《おさな》かったころ、わたしはこのにおいが大好きだった。いちごのショートケーキと、焼きたてのトーストと、オレンジマーマレードのまじったような、おかあさんのにおいをかぐと、安心な気持ちになれた。

でも今は、あんまり好きじゃない。なんだか不安になる。不安になって、泣きたくなる。どうしてなのか、理由はわからない。

「なぁんだ、空だけか」

窓《まど》がとても小さいから、おかあさんには何も見えなかったのだろう。

空以外のものは、何も。

「つまんないな」

おかあさんはそう言って、ぱっとわたしから離《はな》れた。

それから、ひざの上に置いてあった読みかけの雑誌《ざっし》を手にとり、つづきを読みはじめた。

なんだかちょっと、つかれているような表情《ひょうじょう》をしている。

それは、もしかしたら、わたしのせいなのかもしれない。おかあさんがそう言ったわけではないけれど。

わたしには、おかあさんの悲しみが伝わってくる。おかあさんはよく、ひとりでお風呂場《ふろば》にとじこもって、泣き声をこらえながら、泣いていることがある。そんなとき、わたしはどうすればいいのか、どんなことばをかけたらいいのか、わからなくなる。「どうして？」も「どうしたの？」も、言えない。「元気を出して」も「元気になって」も。そんなことを言ったら、おかあさんをよけいに悲しませることになるだけだって、わかっているから。

雑誌《ざっし》を読んでいるおかあさんの、さびしそうな横顔に向かって、そっと心の声をかけた。

おかあさん、ごめんね。おかあさんも悲しいのに、わたし、ちっともいい子になれなくて、しっかりできなくて、ごめんね。

わたしの声は届《とど》かない。おかあさんはだまって、活字を見つめている。

わたしのおかあさんは長年、雑誌《ざっし》をつくる仕事をしている。だれかにインタビューをしたり、知らない町をたずねたりして、記事を書くのが、おかあさんのおもな仕事。「活字の世界で働いているのよ」と、おかあさんは言っている。

わたしはまたひとり「空の世界」にもどった。

いつまで見ていても、あきなかった。

いつまででも、見ていたかった。

青い空。どこまでも、どこまでも、青くて、まるで瞳《ひとみ》が青く染《そ》まってしまいそうなほど青い。そこに、シャワーのようにふりそそいでいるのは、金色の光。まるで霧雨《きりさめ》みたいに見える、太陽の光。空の下には、白い雲。今までに見た、どんな雲よりも白くて、ぶあつい。まるでまっ白な綿《わた》のじゅうたんみたい。

雲のじゅうたんが、波のようにうねっている。
どこからか、雲の飛《と》び魚《うお》や、雲のくじらが飛びだしてきそうだ。
空なのに、海みたいだ。
ふと、思った。
天国の海って、こんなふうなのかな。
成田《なりた》空港から飛びたったとき、空はどんよりくもっていた。黒に近い灰色《はいいろ》。
わたしの心に、そっくりだった。たぶん、おかあさんの心にも。雷《かみなり》が鳴って、
今にも夕立がふりだしそうだった。
けれども、ぶあつい雲の上には、こんなにも青く、こんなにもすみきった、
海みたいな空が広がっている。
飛行機に乗ってどこかへ行くのは、わたしにとって、生まれて初めての

経験《けいけん》。

だから、知らなかった。

地上から見あげる空ではなくて、空の中からながめる空には、雨のような光がふっていて、雲は、空の下にあるんだってこと。

雲の上はいつだって、晴れているんだってこと。

夜だって、空は晴れているんだってこと。

この発見を、教えてあげたい人がいた。だれよりも、まっさきに。

「あのね、すごいんだよ。空の中には、海があるの。波はまっ白で、ふわふわ、うねうねしてて、ところどころ、ソフトクリームみたいに、にょきっともりあがってるの。空の世界はまっ白とまっ青で、色はふたつしかないのに、信じられないくらいきれいなの」

教えてあげたいのに、その人は、いない。
心の中で、さけんでいた。
おとうさん、どこへ行ったの？
おとうさん、今、どこにいるの？
この空のどこかにいるなら、返事をして、おとうさん。

2　いつもと変わりない朝

今からちょうど四か月前のことだった。

三月。小学五年生の三学期が終わろうとしていた。

庭の梅《うめ》の木の根もとには、白い花びらと紅《あか》い花びらがいっぱい落ちて、地面にえがかれた花の絵みたいに見えた。

紅梅《こうばい》と白梅《はくばい》。二本の梅《うめ》の木は、おとうさんとおかあさんが結婚《けっこん》して、この家にひっこしてきたとき、木や植物を育てるのが好きで得意なおとうさんが植えたものだった。

いつもと変わりない朝だった。

おとうさんとおかあさん、おにいちゃんとわたしの四人でテーブルをかこんで、朝ごはんを食べた。

焼き魚、たまご焼き、ポテトサラダ、おみそしるとごはんとおつけもの。

おかあさんは魚を焼き、おとうさんはたまごを焼いた。おとうさんのたまご焼きは、オムレツにそっくりになる。だいこんおろしは、おかあさん。ポテトサラダをマヨネーズであえるのは、おとうさん。

ふたりはいつも、なかよくいっしょに朝ごはんをつくる。朝ごはんは「共同制作《せいさく》」と名づけられている。

ごはんよりもパンの好きなおにいちゃんは、クロワッサンに、たまご焼きとポテトサラダをはさんで食べていた。

おとうさんとおにいちゃんはコーヒーを、おかあさんはお茶を、わたしはホットミルクを飲んだ。

「行ってきまーす！」

「行ってきまーす！」

元気よくあいさつをして、おにいちゃんとわたしは家を出た。

わたしの背中《せなか》には、ランドセル。おにいちゃんの手には、かっこいい学生かばん。

おにいちゃんは、中学二年生。野球部に入っている。おにいちゃんはバスで、わたしは歩いて、学校へ行く。バス停の近くに、わたしの通《かよ》っている小学校がある。だから、バス停まで、おにいちゃんとわたしはいっしょに歩いていく。

「はーい、行ってらっしゃい、気をつけてね」

おかあさんは、玄関《げんかん》のドアの前に立って、わたしたちを見送ってくれた。

いつもと変わりない朝だった。

おかあさんのすぐうしろには、おとうさんが立っていた。

ふりかえって、わたしはたずねた。

「ねえ、おとうさん、きょうのおやつ、何？」

「何がいいかな。よーし、みずきの好きなシュークリームにするか」

おとうさんがそう答えた。

「ばんざーい！」

わたしは両手を上にあげ、あげたまま横に動かして、ふたりに「バイバイ」

をした。

おとうさんは両手をぶるんぶるん、ふりまわすようにして「行ってらっしゃい」をしてくれた。

いつもと変わりない朝だった。

「シュークリーム」のところが「プリン」になったり、おにいちゃんの好きな「モンブラン」になったり、おかあさんの好物の「エクレア」になったりするけれど、それ以外は、いつもと同じ。おやつを買っておくのは、おとうさんの役目。

わたしたちを見送ったあと、おとうさんとおかあさんは車に乗って、会社へ行く。

ふたりは、同じ会社で働いている。雑誌《ざっし》をつくっている会社だ。従業員《じゅうぎょういん》はぜんぶで十人くらいしかいない、とても小さな会社。おとうさんの友だちとおとうさんがふたりで経営《けいえい》している。おかあさんは、学生時代にこの会社でアルバイトをしていたとき、おとうさんと知りあったという。

ずっと前に、おかあさんが教えてくれた。

「大恋愛《だいれんあい》だったのよ。でもね、私《わたし》はまだまだ独身《どくしん》でいたかったのに、おとうさんがどうしても結婚《けっこん》してほしいって言うもんだから、しかたなく、してあげたの」

おかあさんがそう言うと、おとうさんは「ぎゃー」と声をあげていた。

「ぎゃー、何それ、人物とせりふがまるで逆《ぎゃく》だと思うけど」

四時間めの授業《じゅぎょう》が始まって、十五分か、二十分くらいがすぎていたと思う。

国語の時間だった。

宿題だった作文を、だれかが朗読《ろうどく》しているまっさいちゅうに、教頭先生が教室をたずねてきた。今までに一度もなかったことだったから、担任《たんにん》の先生も生徒たちもおどろいて、いっせいに教頭先生のほうを見た。

朗読《ろうどく》していたクラスメイトも、ぴたっと読むのをやめた。

「花森《はなもり》さん、いますか？　花森《はなもり》みずきさん」

名前を呼《よ》ばれて、反射的《はんしゃてき》に右手をあげた。

「はい！」

と、いきおいよく。

どうしてあのとき、あんなに元気のいい、明るい声を出したんだろう、と、あとあとになってその場面を思いだしては、自分を責《せ》めた。責《せ》めたって、どうしようもないことだと、わかっていながらも。

教頭先生は、担任《たんにん》の先生の耳もとで、何かを早口でささやいた。

それから、わたしに向かってこう言った。

「花森《はなもり》さん、ちょっと前へ来てください」

教頭先生の言い方は、いつもとはちがって、ちょっとへんだった。ちょっとじゃなくて、かなり。ことばがぎくしゃくしていた。顔つきもおかしかった。こわばっているというか、青ざめているというか。反対に、担任《たんにん》の先生の顔は赤くなっている。

教室の空気が、なんだか急に「きゅっ」と固くなった。

立ちあがって、教頭先生と担任《たんにん》の先生のところへ行った。

すると、担任《たんにん》の先生はわたしに、「花森《はなもり》さん、外に出ましょうね」と言った。

わたしは教頭先生といっしょに、教室の外に出た。

廊下《ろうか》でふたりだけになると、教頭先生は言った。

「花森《はなもり》さん、今からすぐに家にもどります。ぼくが車で送っていきます。かばんはそのままでいいです。あとでだれかに届《とど》けてもらいますから」

教室に目をやると、みんながわたしのほうを見ていた。みんな、心配そうな顔をしている。

わたしの胸《むね》はドキドキしていた。

どうして？　どうして、すぐに家にもどらないといけないの？

おどろいてはいたけれど、わたしはまだ、心配はしていなかった。何を心配すればいいのか、わからなかった。むしろ、教頭先生のことを心配していた。

先生、どうしたの？　何があったの？

教頭先生の顔色が悪かったわけは、車の中で、わかった。

わたしが助手席に乗って、車をスタートさせてから、教頭先生はハンドルをにぎって、前を向いたまま、言った。いつもの、ゆっくりした口調《くちょう》にもどっていた。

「さっきは、気が動転してしまっていたので、まちがってしまいました。今から行くのは、花森《はなもり》さんのおうちではなくて、病院です。少し前に、おにいさんも行かれたそうです。うちの校長も、別の場所から向かっています」

「病院？　おにいちゃんも？　校長先生も？」

胸《むね》の中がざわざわっとした。

ぞわぞわっ、というのが正しいかもしれない。

お化《ば》け屋敷《やしき》に入る直前みたいな感じ？　ううん、そんなんじゃない。

そんなんじゃなくて、もっと――

これから何か、もっと、世にもおそろしいことが起こるのかもしれない、
そんな予感みたいなものが、胸《むね》からのどまでこみあげてきた。

「伝えるのはつらい。だけど、伝えないわけにはいかないので」

と、教頭先生は言った。

「おちついて、聞いてくれますか？」

「はい」

ふつうに返事をしたつもりだったのに、声がかすれてしまった。

「悲しいお知らせをしなくてはなりません。さきほど、おかあさんからお電話があって、花森《はなもり》さんのおとうさまが、亡《な》くなられたそうです」

わたしの予感は、あたった。おそろしいことは、お化《ば》け屋敷《やしき》なんかじゃなくて、現実《げんじつ》の世界で起こるのだ。

「亡《な》くなったって？　あの、それは」

死んでしまったってこと？　おとうさんが死んだ？

ありえない。そんなのうそだ。うそに決まってる。

だって、今朝だって、いつもと変わりなくて、なんの変わりもなくて、元気いっぱいで、にこにこ顔で、シュークリームを買うよって、言ってたのに。

ゆうべだって、きのうだって、きのうの朝だって、おとといだって、元気だったのに。ずっとずっと元気で、病気なんか、したこともなくて。

だったら、事故《じこ》？　交通事故《じこ》にあったの？

だまっているわたしに対して、教頭先生は、本を読むような調子《ちょうし》で言った。

わたしじゃなくて、自分に話しかけているようだった。

「花森《はなもり》さんのおとうさんは今朝、会社で急にたおれられて、そのまま意識《いしき》がもどらず、病院で亡《な》くなられたそうです」

わたしはだまっていた。くちびるがぴくぴく、ふるえている。

何か言わなければいけない、と思ってはいるものの、何を言えばいいのか、さっぱりわからない。涙《なみだ》も出てこない。心はまるで、かたつむりがおどろいて、角《つの》をひっこめたみたいになっている。

信号待ちをしているとき、教頭先生はハンドルから手をはなして、その手のひらをわたしの頭の上に置いた。

やさしくて、あたたかくて、大きな手だった。

「一時間ほど前だったそうです。まったく苦しまれることなく、ねむるように逝《い》かれたそうです。急なことで、おかあさまもたいへん気を落とされています。花森《はなもり》さんもしっかりしてください。いいですか？」

教頭先生のことばに、おとうさんの声がかさなった。


――よーし、みずきの好きなシュークリームにするか。


そのとき、わたしの時計は、止まってしまったのだと思う。

わたしの時計は、動くのをやめた。

時の流れを止めることは、だれにもできない。けれど「体の中の時計」を止めることは、できる。

一分だって、一秒だって、動かしたくない。

ここから、どこへも行きたくない。

病院へなんて、行きたくない。

病院へ行ったら、そこには、死んでしまったおとうさんがいる？

行きたくないと思った。亡《な》くなってしまったおとうさんに、会わないままでいれば、おとうさんは死なないのではないかと思った。

「花森《はなもり》さん、だいじょうぶですか？　すごく悲しいことだけど、おかあさんとおにいさんといっしょに乗りこえてくださいね。ぼくたちも今後、できうるかぎりのことをしますから」

できうるかぎりのことって、どんなこと？

「こんなことを聞かされても、むなしいだけかもしれない。でもぼくも何年か前に、肉親の死を経験《けいけん》しています。それは、だれもが経験《けいけん》することです。

ちがいは、おそいか早いかだけです……」

教頭先生の声が、なぜか、遠くのほうから聞こえてくる。

教頭先生の言ってることが、わからない。理解《りかい》したくない。ぜんぶ、うそだと思いたい。

耳をふさぎたいような気持ちになって、わたしは先生から目をそらすと、車の窓《まど》から外を見た。

いつもと変わりない町だった。

いつもと変わりない道だった。

歩道を人が歩いている。知らない人がたくさん。車も走っている。自転車をおしながら歩いている人もいる。店のかんばんを、表に出そうとしている人もいる。赤んぼうをだいている、おかあさんもいる。

でも、わたしの目には何も見えていなかった。

空以外には、何も。

まぶたをごしごしこすって、外の景色を見ようとした。見たいものが、あるわけでもないのに。

こすってもこすっても、何も見えなかった。

泣きだしそうな空以外には、何も。

そしてその空には、どんな色もついていなかった――。


「お客さま、申しわけありませんが、この窓《まど》、しめさせていただきますね。これは飛行機の決まりだから、おじょうちゃん、ごめんね」

ふと気がついたら、フライトアテンダントの人がすぐそばに立っていた。

男の人だった。男の人はそう言って、わたしの座席《ざせき》の窓《まど》の内側のおおいをピシッとおろした。

とたんに、あたりはまっ暗になった。これから映画《えいが》の上映《じょうえい》があるので、飛行機の窓《まど》はすべて、しめてしまうことになっているという。

となりにすわっているおかあさんを見ると、おかあさんは雑誌《ざっし》をひざの上にのせたまま、目をとじていた。ぐっすりねむっているようにも見えたし、まぶたをとじたまま、悲しみの世界をただよっているようにも見えた。

わたしも目をとじて、とにかくねむろうと思った。

夢《ゆめ》の中でなら、会えるかもしれないと思った。

大好きな、たったひとりの、わたしのおとうさんに。

3 生まれた町を遠く離《はな》れて

ここは、どこ？
はっと目が覚めたとき、自分がどこにいるのか、すぐにはわからなかった。
うわぁ、まぶしい！
つぎの瞬間《しゅんかん》、わたしは思わず両手を顔にあてて、うつむいていた。
まぶたの裏《うら》がまっ赤に染《そ》まっている。
ここは、どこ？　おそるおそる顔から手をはなすと、夏の陽射《ひざ》しがシャーッと強く、するどく、射《さ》しこんできた。まるで、床《ゆか》に向かってななめに線をひっぱっているかのように。

そこらじゅうに、光があふれている。

カーテンのかかっていない窓《まど》の外には、緑、緑、緑。きみどり、ふかみどり、やさしい緑、やわらかい緑。いろいろな種類の緑が深く、どこまでも、どこまでも、かさなりあっている。緑と緑のあいだから、緑のかおりのする風に運ばれて、今までに一度も耳にしたことのない、めずらしい小鳥の鳴き声が聞こえてくる。

チアチアチア、チアチアチアチアリー、チアチアチア、チアチアチアチアリー……

フィービー、フィービー、フィーフィーフィー……

光と緑と小鳥の歌。

それで、気がついた。

ここは、アメリカ。

ここは、北アメリカ大陸の東側。ニューヨーク州とマサチューセッツ州のさかい目にある、小さな村。村をつつみこむようにして広がっている、森。

ここは、その森の中にある、おばさんの家。

おばさんというのは、おとうさんのおねえさんだ。

夏休みが終わるまでずっと、わたしはおばさんの家で、おばさんといっしょに、暮《く》らすことになっているのだった。

わたしが望んだわけじゃない。いつのまにか、そうなっていた。きっと、おかあさんとおばさんが話しあって、決めたのだろう。おかあさんがたのんだのかもしれない。なぜおかあさんがそんなことをたのんだのか、その理由は、わかりすぎるほど、わかっている。理由は――

でも、そのことについては、今は何も考えたくない。

わたしは今、日本から遠く、遠く離《はな》れた場所にいる。ここまで来るのに、飛行機でおよそ十三時間、そのあと、おばさんの運転する車で四時間以上もかかった。そういえば、地球儀《ちきゅうぎ》をまわして見たとき、アメリカ大陸は、日本の反対側にあるように見えた。そんなにも遠くにある日本のことなんて、もう考えないようにしよう。できるだけ。そう、できるだけ。

そんなことを思いながら、ベッドから外へ出た。

今、何時だろう?

壁《かべ》にかかっている、巣箱の形をした鳩時計《はとどけい》を見ると、午後三時五分。

きのう、おそい時間にランチを食べたあと、急にねむくなって、ベッドに入った。とちゅうで何度か目が覚めたけど、そのたびに、すいこまれるようにしてねむってしまった。ということは、なんと丸一日ほど、ねていたことになる。

家の中は静まりかえっている。

たぶん、わたしのほかには、だれもいない。

おかあさんは？

「私《わたし》はあしたの朝いちばんの電車で、マンハッタンまでもどるからね」

そうだった、おかあさんは、マンハッタン――ここから車で四時間ほどのところにある大きな街《まち》――にしばらく滞在《たいざい》して、そこで雑誌《ざっし》の仕事をすると言っていた。それから、日本にもどる。

おばさんは今朝、おかあさんを電車の駅まで送っていったあと、仕事に出かけたのだろうか。どんな仕事をしているのか、わたしはまだよく知らない。

「八月の終わりになったら、おにいちゃんといっしょに、むかえに来るから。みずきは、摩耶《まや》さんの言うことをよく聞いて、お手伝いもしっかりして、いい子で楽しい夏休みをすごしてね」

そうだった、おばさんの名前は「摩耶《まや》さん」というのだった。

おとといの午後、摩耶《まや》さんは車で空港まで、おかあさんとわたしをむかえに来てくれていた。空港の到着《とうちゃく》ロビーで、初めて摩耶《まや》さんに会ったとき、おかあさんにならって、わたしが「摩耶《まや》さん」って呼《よ》んだら、

「マヤでいいのよ。マヤって呼《よ》んで。ここではみんな、そう呼《よ》んでるから。私《わたし》もあなたのこと、『みずき』って呼《よ》ぶから」

って言ってた。

でもまだ「マヤ」なんて、そんな呼《よ》び方はできない。

摩耶《まや》さんの最初の印象は「ちょっとこわそうな人」。

色の白いおかあさんとは正反対で、海辺で生まれ育った人みたいに日焼けをしている。すらりと背《せ》が高く、体はがっしりしていて、声が低くて、目つきがするどい。

空港でのファッションは、ジーンズとTシャツに、カウボーイハットとサングラス。もしも髪《かみ》の毛が短かったら、男の人とまちがわれてしまうかもしれない。

「じゃあ、みずき、これからよろしくね。なかよくしようね」

摩耶《まや》さんはそう言って、わたしの胸《むね》の前に「すっ」と、手をのばしてきた。

一瞬《いっしゅん》、どうすればいいのかわからなくて、どぎまぎしていると、摩耶《まや》さんは「くしゃっ」と笑った。そして、わたしの背中《せなか》に両腕《りょううで》をまわすと、自分のほうにひきよせるようにして「ふんわり」と、だきしめてくれた。

おかあさんのにおいとはまったくちがう、秋の落ち葉か、たき火のけむりみたいなにおいがした。

最初に「すっ」とのばされた手には、握手《あくしゅ》しましょうという意味があり、「くしゃっ」は「よろしくね」で、そのあとの「ふんわり」は、アメリカ式のあいさつ――ハグという――だったのだということは、少ししてから、わかった。

こわそうな人、という印象はたちまち「かっこいい人」に変わり、それに「やさしい人」がくわわった。でもそのやさしさも、おかあさんのやさしさとは、ちがう。どこがどうちがうのか、うまく説明できないけれど、とにかくちがう。

摩耶《まや》さんは、留学中《りゅうがくちゅう》に知りあったアメリカ人と結婚《けっこん》して、アメリカにひっこしてきた。何年かのちに「ご主人とは事情《じじょう》があって別れて、それ以来ずっと、ひとりで暮《く》らしているのよ」と、飛行機に乗る前におかあさんは言っていた。

ひとりで、こんな森の中に住んでいて、さびしくないのかな？

どんな仕事をしているのだろう？

おとうさんのおねえさんだから、年は、おかあさんよりも上？

あれやこれやと摩耶《まや》さんのことを想像《そうぞう》しながら、階段《かいだん》をおりて、一階へ行った。

家の一階には、キッチンとダイニングルームとリビングルームがあって、この三つの部屋には、ドアがない。ひとつづきの広い空間になっている。ダイニングルームに置かれている食器だなのとなりに、ドアがひとつ。

「私《わたし》の部屋はここ。ドアがしまっていたら、私《わたし》が中にいると思ってね。そういうときにはドアをノックして。私《わたし》が部屋にいないときには、ドアはあいたまま。バスルームも同じよ。みずきがバスルームを使っているときだけ、ドアをしめてね。日本みたいに、いつもドアをしめるようにはしないで」

摩耶《まや》さんはおとといの夜、おかあさんとわたしに家の案内――これは「ハウスツアー」というらしい――をしてくれているとき、そんなふうに説明していた。

バスルームには、トイレとお風呂《ふろ》がある。バスタブには、シャワーがついている。ホテルみたいだ。トイレのことは、アメリカの家では「バスルーム」

と、レストランなどでは「レストルーム」と呼《よ》ぶのだそうだ。これも、摩耶《まや》さんが教えてくれた。

今、摩耶《まや》さんの部屋のドアは、あけっぱなしになっている。ということは、摩耶《まや》さんはこの部屋にはいない。きっと仕事に出かけているのだろう。

「みずきの寝室《しんしつ》は、二階のロフト。そのとなりにある部屋も、机《つくえ》もいすもソファーも、みずきが自由に使っていい。本だなの本も、勝手にとりだして、好きなだけ読んでいい。二階のバスルームは、みずき専用《せんよう》よ。みずきは二階の……」

そのあとに、摩耶《まや》さんはなんと言ったのだったか。

思いだした。

ひと夏のあいだ、わたしはこの森の家の二階の住人になったのだった。

階段《かいだん》をおりたところには、キッチンがある。

さっきから、おなかがぐうぐう鳴っている。きのうの午後から、何も食べないでねむってばかりいたせいで、おなかが文句《もんく》を言っている。

冷蔵庫《れいぞうこ》のとびらに目をやると、大きな文字で「みずきへ」と書かれた紙がはられていた。


れいぞうこの中のものは、なんでも食べてOK！

カウンターの上のおにぎりは、みずきのランチ。

おみそしるはあたためて。6時すぎにもどります。

マヤ

ダイニングテーブルの上に、おにぎりののったお皿を置いて、「いただきます」

心の中でつぶやいてから、ひとりでもそもそ食べはじめた。

おにぎりは、おかあさんのつくったものだとわかった。いつも日本で食べている、おかあさんの味だった。おにぎりの形も、中に入っているものも。この梅《うめ》ぼしと塩こんぶと、おにぎりを巻《ま》いている海苔《のり》は、おかあさんがおみやげとして日本から持ってきたもの。

おにぎりを一個《こ》と半分、食べてから、立ちあがって、おみそしるの入ったなべのふたをあけてみた。おみそしるの具はいつもとちがって、じゃがいもとねぎだけのようだった。おとうふやわかめや、おとうさんの好きだったあげは、入っていない。アメリカのお店では、売られていないのだろうか。

あたためたおみそしるといっしょに、三個《こ》めのおにぎりを食べていると、
とつぜん、涙《なみだ》がぽろぽろ、ぽろぽろ、こぼれてきた。
ああ、また、あの「うずまき」がやってきた。
うずまきはアメリカまで、わたしを追いかけてきたのだと思った。

4 悲しみのうずまき

どうして、泣いているの？
ひとりぼっちで、さびしいの？
ひとりでごはんを食べるのが、さびしいの？
自分で自分に質問《しつもん》をして、自分で答える。そうじゃない。
ひとりでごはんを食べることには、もう慣《な》れてしまった。
おとうさんが亡《な》くなってから、残されたわたしたち三人は、ばらばらにごはんを食べるようになった。

なぜなら、おかあさんは、おとうさんの分まで仕事をしなくちゃならなくなって、夜おそくまで働くようになったから。中三になったおにいちゃんは、それまでは「ぼくは行かない」と言いつづけていた塾《じゅく》に行くようになり、家にもどってくるのは、夜の九時すぎになる。おかあさんはだいたい十時前後くらい。そのころには、わたしはおふとんに入っている。

でも、ばらばらの夕ごはんになったほんとうの理由は、三人そろって食べると「どうしてここに、おとうさんがいないの？」って思ってしまうから。だから、みんな、ばらばらでいいと思っている。もちろん、わたしも。

泣きながら、わたしは三個《こ》めのおにぎりを食べた。このおにぎりは、とても塩からい。

涙《なみだ》は、ぽろぽろから、ぼろぼろに変わっている。

胸《むね》の中で「うずまき」が、ぐるぐるぐるぐる、まわっている。

悲しみのうずまきだ。

悲しい、つらい、むなしい。苦しい、痛《いた》い、にがい、消えてしまいたい。そんなことばと気持ちが、胸《むね》のまんなかでまわりつづける。まるで、せんたく機の中の、にごった水みたいに。

「悲しみのうずまき」はやがて竜巻《たつまき》になって、おそいかかってくる。そしてわたしをどこかへ連れさっていこうとする。

助けて、助けて、助けて。

さけんでも、だれも助けてくれない。わたしの声はどこにも、だれにも、届《とど》かない。わたしにできることは、ただ泣くことだけ。涙《なみだ》は止まらない。うずまきが去っていくまでは。

悲しみのうずまきは、おとうさんのお葬式《そうしき》が終わって、五日か六日くらいたったころから、とつぜん、やってくるようになった。

そのせいで、わたしは授業中《じゅぎょうちゅう》に急に泣きだしたり、泣きながら教室を出ていったり、お昼休みに学校から家にもどったりして、「おかしな行動」をとるようになった。わたしにとっては決して「おかしな行動」ではない。けれども、まわりの人の目には「おかしい」としか、うつらない。

お昼休みに学校から家にもどったのは、おとうさんが家にいるかもしれないと思ったからだ。おとうさんはよく、お昼休みに会社から家にもどってきて、そうじをしたり、せんたくをしたり、夕ごはんの準備《じゅんび》をしたりしていることがあった。おとうさんは死んでしまったのだから、家にはいない。わかっていても、うずまきがやってくると、ついふらふらと、家にもどってしまうのだった。

いつだったか、朝、学校へ行くとちゅうで、おとうさんによくにた人を見かけて、その人のあとを追いかけて遠くの町まで行ってしまい、警察《けいさつ》の人に保護《ほご》されたこともある。

そんなことをくりかえしているうちに、わたしは学校へ行くのがこわくなってしまった。一日じゅう、家の中にいれば、うずまきがやってきても、おかしな行動をとらないですむ。うずまきにおそわれそうになったら、おとうさんの写真のかざられている、お仏壇《ぶつだん》のある部屋に逃《に》げこんで、うずまきが去っていくのを待てばいい。家の中にいれば、おとうさんがわたしを守ってくれる。

おかあさんとおにいちゃんは、わたしとは反対で、家の中にいる時間をできるだけ少なくしているようだった。

おかあさんは会社にいる時間がふえて、おにいちゃんは学校が終わったら図書館か塾《じゅく》で勉強するようになり、休日でも、ふたりは朝早くから出かけて、夜おそくまで、帰ってこない。ふたりとも、家にいると、おとうさんのことばかり思いだして「悲しくなるから」って言っていた。

おかあさんの気持ちも、おにいちゃんの気持ちも、わかっているつもりだ。悲しみを乗りこえようとして、ふたりは仕事や勉強に打ちこんでいる。積極《せっきょく》的《てき》に外へ出ていこうとしている。

わたしには、それができない。

あるとき、おかあさんが、おとうさんの洋服をまとめて段《だん》ボール箱に入れて、押《お》し入《い》れの奥《おく》のほうにおしこもうとしているのを見つけたわたしは、悲しみの竜巻《たつまき》――うずまきよりも何倍も大きい――におそわれて、わあわあ泣いた。「やめて、やめて」って言いながら、泣いた。泣きながら、段《だん》ボール箱をわたしの部屋まで運んでいき、床《ゆか》の上におとうさんの服を広げて、その上に顔をおしつけて、泣いた。

悲しみのうずまきがやってくると、自分の体から、心をぜんぶ、吐《は》きだしてしまいたくなる。でも、実際《じっさい》にはそんなこと、できない。だから、苦しい。息ができない。声もことばも出なくなる。出るのは、涙《なみだ》だけだ。

六年生の一学期のとちゅうから、わたしは学校へはまったく行かなくなった。行けなくなったのだ。行こうとすると、食べたものを吐《は》いてしまう。くつをはこうとすると、足がふにゃふにゃになってしまう。

うちをたずねてきた担任《たんにん》の先生は「心の病気にかかっているのではないか」と、おかあさんに言った。

「病院へ連れていって、専門《せんもん》のお医者さんに診《み》てもらったほうがいいのではないでしょうか?」

わたしは病気じゃない。

きのうまでここにいた大好きな人が、とつぜんいなくなった、消えてしまった、そういう経験《けいけん》をしたことのない人には、どうしてわたしがこんなに苦しいのか、わからないんだと思う。

思いだしたくもないことを思いだしながら、食器を洗《あら》ってかたづけて、のろのろと階段《かいだん》をあがっていった。

悲しみのうずまきが、あばれているのがわかった。

だけど、わたしは家にはもどれない。ここは、アメリカなのだから。


「ただいま！」

階段《かいだん》の下から、摩耶《まや》さんの声が聞こえてきた。

おにぎりを食べたあと、またベッドの中でうとうとしていたようだった。

いったいどれだけねれば、気がすむのだろうか。

涙《なみだ》でくっついてしまっているまぶたをごしごしこすりながら、一階へおりていった。

「ねてたの？　かわいいおねぼうさん！」

摩耶《まや》さんの明るい笑顔が待っていた。笑顔と「ふんわり」ハグ。

「おそくなってごめんね。おなか、すいてる？」

「はい」

おにぎりを三個《こ》、食べたはずなのに、おなかはちゃんとすいている。

「いっしょに夕ごはん、つくろうか？　お手伝いしてくれる？」

「はい」

「じゃあ、私《わたし》がシャワーをあびているあいだに、みずきはじゃがいもの皮をむいて。みずきの大好物のポテトサラダをつくろう。いろんな野菜を入れて、かわいらしく、カラフルにするの。メインのおかずは、トラウトよ。きょう、仕事場で、同僚《どうりょう》からもらったの。近所の川で釣《つ》ってきたお魚なんだって」

摩耶《まや》さんはカウンターの上にじゃがいもをならべたあと、リビングルームの暖炉《だんろ》の近くに置かれている、黒っぽい箱みたいなものの前に立って、何かをした。

何をしているのか、わたしには見えなかった。

やがて、箱の中から音楽が流れてきた。

夕暮《ゆうぐ》れ前の夏の光にその音楽はとけこんで、家の中に立ちこめていた空気がすーっと、やわらかくなった。

遠い昔に、どこかで——学校じゃない——聴《き》いたことがあるような、ないような、古いような新しいような、でもなんとなく、どことなく、なつかしい感じのする音楽だった。

ああ、もしかしたら——

ねすぎたせいか、ぼーっとしている頭の中で、思った。

もしかしたらこれは、おとうさんの好きだった音楽?

おかあさんの好きなクラシックじゃなくて、おにいちゃんの好きなロック

でもなくて、おとうさんの好きな音楽は――

なんていうんだっけ？

摩耶《まや》さんにたずねてみたかったけれど、何も言えなかった。

摩耶《まや》さんも、音楽については何も言わなかった。

5 まよなかの受験勉強

まぶしい！

えっ、もう、朝？　朝が来たの？

朝じゃなかった。

窓《まど》から射《さ》しこんでくる月の光がまぶしくて、目が覚めてしまった。床《ゆか》の上にできているもようは、月とガラス窓《まど》のつくった、四角い光のハンカチのようだ。

森の家で暮《く》らすようになって、ちょうど五日がすぎた。
月の光がこんなに明るいなんて、知らなかった。
夜の森がこんなにもにぎやかだなんて、知らなかった。
ボーッボッボッ、ボーッボッボッボッ……
どこかでふくろうが鳴いている。
ゲゲッゲゲッゲゲッ……
リリリリリ、リリリリリ……
池のまわりでは、蛙《かえる》たちが鳴いている。いろんな種類の蛙《かえる》がいるみたいだ。
そこここで、夜行性《やこうせい》の動物たちが草をふみながら、歩きまわっている足音がする。
摩耶《まや》さんの話によると、森には、鹿《しか》、黒くま、スカンク、山あらし、きつね、たぬき、ウッドチャック、コヨーテなどがすんでいるという。わたしはまだ、りすと鹿《しか》しか見たことがない。

ベッドからぬけだして、足音を立てないよう注意しながら、となりの広い部屋へ行く。アメリカでは、わたしは夜行性《やこうせい》の人間だ。

「夜中に目が覚めても、むりやりねようとしないで、起きて本を読んだり、勉強したりすればいいのよ。そのうち、少しずつ、体がアメリカの時間に慣《な》れてくるから」

と、摩耶《まや》さんはアドバイスをしてくれた。そのとおりになっている。きのうは午前二時に起きてしまったけれど、きょうは午前三時。

アメリカと日本のあいだには「時差」というものがある。アメリカの夜は日本の昼で、アメリカの昼は日本の夜。昼と夜が入れかわってしまうから、だからわたしはあんなにねむかったのだ。

パジャマのまま、となりの部屋へ入ると、机《つくえ》の前にすわって、英語の参考書と、英語の辞書と、日本から持ってきたノートを広げた。

まよなかの「受験勉強」。

わたしはもうじき「入学試験」を受けることになっている。

試験の科目は英語だけ。もっと正確《せいかく》に言うと、英会話だけ。

「読み書きは、日本にもどって、みずきが中学生になってから、しっかり勉強すればいい。だから今は、アメリカ人と会話ができるようになるだけでいいの。聞きとりがちゃんとできるようになるまでには時間がかかるけど、しゃべるのは、わりとかんたんにできるはずよ」

そうだろうか？

そんなにかんたんにできるだろうか?

日本語でしゃべることだって、そんなに得意じゃないわたしなのに。

ノートの左側には、摩耶《まや》さんから出された「クイズ」が書かれている。問題を書いたのは、摩耶《まや》さん。ゆうべ、夕ごはんのあとに出された宿題だ。

野菜の名前を十個《こ》、覚えよう。

(1)キャベツ　(2)なす　(3)きゅうり　(4)ねぎ　(5)はくさい　(6)ほうれん草　(7)だいこん　(8)かぼちゃ　(9)ピーマン　(10)にんじん

辞書で調べて、右側のページに英単語の読み方をカタカナで書いていく。

(1)キャベッジ　(2)エッグプラント　(3)キュウカンバー　(4)スカリ

オン　(5)チャイニーズ・キャベッジ、または、ナッパ　(6)スピナッチ

(7)デイコン　(8)パンプキン　(9)ベル・ペッパー　(10)キャロット

はくさいとだいこんが、ナッパとデイコンだなんて、おどろきだし、笑える。そうそう、シイタケとトーフとミズナは、日本語がそのまま英単語になっているんだって。笑いながらおどろいて「わーお」って、言いたくなる。

「わーお」は、摩耶《まや》さんがよく使う英語のことば。「わー」だけなら日本語だけど、「お」がくっつくと英語になる。

英語って、おもしろい。

いつのまにか、わたしは英語が好きになってきている。

摩耶《まや》さんは、英語でアメリカ人と話すときに注意するべきことを、あれこ

れ教えてくれた。たとえば――

「イエスか、ノーかは、つねにはっきりと言うこと。日本語みたいに『どっちでもいい』なんて答えは通用しない。わからないことがあったら、わかりませんって、はっきり言う。わかっているふりはしないこと」

「人と話すときには、相手の顔、または目を、まっすぐに見て。あいさつをするときには、にっこりと笑顔で。知らない人と目があったときも、すれちがうときにも、にっこりを忘《わす》れずに」

「相手のファーストネームをすぐに覚えること。そして、呼《よ》びかけること。苗字《みょうじ》は覚えなくていいし、苗字《みょうじ》で呼《よ》びかけなくていい」

「自分の英語がへたなことを、気にしなくていい。アメリカには、よその国からやってきた移民《いみん》たちがたくさん暮《く》らしているから、英語のへたな人もいっぱいいる。他人の英語がへたかじょうずかなんて、だれもあんまり気にしていないの」

「人に何かをしてもらったら、どんな小さなことであっても『サンキュー』と言う。たとえば、スーパーマーケットの店員さんから、買った品物を受けとるときにも、ちゃんとお礼を言う。逆《ぎゃく》にだれかに『サンキュー』って言われたら『ノー・プロブレム』または『マイ・プレジャー』と、ことばを返す。無言《むごん》はだめ。無言《むごん》はアメリカでは、とても失礼なことなの。わかった?」

「イエス・アイ・アンダスタンド」

「グーッド!」

まよなかの受験勉強を始めて、一週間と一日がすぎた。

わたしは朝の六時に目が覚めて、夜はぐっすり朝まで、ねむれるようになっている。

おとといから、英語の勉強は、昼間にするようになった。前の日に摩耶《まや》さんから出されるクイズは、だんだんむずかしくなってきている。宿題の量もふえている。時間がいくらあってもたりない。

たとえば、きのうのクイズは——

自己紹介《じこしょうかい》を英語でしてみよう。

(1)わたしの名前は？

(2)わたしはどこで生まれましたか？

(3)わたしは何歳《なんさい》ですか？

(4)わたしの好きなものは、なんですか？
(5)大きくなったら、わたしは何になりたい？
(6)わたしの家族は？
(7)わたしの尊敬《そんけい》する人物は？
(8)わたしは今、幸せですか？

この宿題をしているまっさいちゅうに、とつぜん「うずまき」がやってきた。
(6)わたしの家族は、おとうさんと、おかあさんと、おにいちゃん。
そう思ったとたん、悲しみのうずまきがやってきた。
だけど、泣いている場合じゃないと思った。この「自己紹介《じこしょうかい》を英語でする」

というのが、今夜、これからわたしの受ける入学試験なのだから。

「さあ、心の準備《じゅんび》はできた？　じゃあ、話してごらん。みずきはどんな人なの？　私《わたし》に自己紹介《じこしょうかい》をして」

夕ごはんが終わったあと、摩耶《まや》さんはテーブルの向こう側から、わたしに声をかけた。

にっこり笑って、摩耶《まや》さんの顔を見つめた。

おとうさんにはあんまりにていない、きりっとした美人の摩耶《まや》さんに向かって、英語で話しはじめた。

マイ・ネーム・イズ……

「わたしの名前は、みずきといいます。わたしは日本で生まれました。わたしは今、十二歳《さい》です。日本では、小学校に通《かよ》っています。わたしは本が大好きで、本を読むのが大好きです。わたしの家族は、おかあさんとおにいさんです。おとうさんは、亡《な》くなりました。でも、わたしはおとうさんが大好きですし、わたしの家族だと思っています。わたしの尊敬《そんけい》する人は、おとうさんです。おとうさんはやさしくて、広くて、明るい心を持っていました。植物や木や音楽が好きでした。家族のために、いっしょうけんめい働いてくれました。おとうさんのことを思いだすと、わたしはとても悲しいです。わたしはおとうさんに会いたいと思います。でも、会えないから、すごくさびしいです。大きくなったらわたしは……」

自己紹介《じこしょうかい》が終わらないうちに、摩耶《まや》さんは、いすからいきおいよく立ちあがって、パチパチパチパチ、拍手《はくしゅ》をしてくれた。立ちあがってする拍手《はくしゅ》は「スタンディング・オベーション」というのだそうだ。

「わーお、ハウ・ワンダフル！　ハウ・ビューティフル！」

そのあとを、摩耶《まや》さんは日本語でつづけた。

「合格《ごうかく》よ！　百点満点の二百点。なんてすばらしい。これで、みずきはあしたから『森の小学校』に入学できます。お友だちもたくさん、みずきが来るのを待ってるからね。楽しみにしててね」

6　ようこそ、サンクチュアリーへ

「さあ、行くわよ。みずき、用意はできた？」

「できました」

「私《わたし》は先にガレージに行ってるからね」

「はいっ」

元気よく返事をして、階段《かいだん》をかけおりていく。

Tシャツの上には、摩耶《まや》さんが「これを着ていきなさい」と言って貸《か》してくれた、長そでのコットンのシャツ。ブルーとグリーンのチェックに、黄色い線が入っている。わたしが着ると、男の子のシャツみたいに見える。腕《うで》が少しだけ長かったので、ボタンをとめないまま、そで口を折りまげた。

下は、スカートではなくて、ジーンズ。このジーンズも、摩耶《まや》さんのお古。ゆうべ、クローゼットの奥《おく》のほうでねむっていたものを摩耶《まや》さんがひっぱりだしてきて、わたしの足の長さにあわせて、はさみでジョキジョキ、すその部分を切ってくれた。ウエストは、ベルトでぎゅっとしめている。

髪《かみ》の毛は、朝ごはんのあと、摩耶《まや》さんが三つ編《あ》みにしてくれた。

おかあさんのやり方——細かく編《あ》みこんだ二本の先に、かわいいリボンを結んでくれる——とはちがって、摩耶《まや》さんは、ひとつにまとめてざっくり編《あ》んで、ゴムでしばっただけ。かわいいリボンはなし。

「あ、くつはそれじゃなくて、これよ」

ガレージでわたしを待っていた摩耶《まや》さんが出してくれたのは、長ぐつ。色は黒。表面がつやつやしている。新品だ。わたしのために、買ってきてくれたのかな。

長ぐつをはきおえた――ジーンズのすそは、長ぐつの中へおしこんで――わたしのすがたを見ると、

「なかなかよろしい。最後のしあげは、これね」

そう言って、摩耶《まや》さんは、ガレージの壁《かべ》にかかっていた麦わらぼうしを、わたしの頭にかぶせた。麦わらぼうしには、赤と白のギンガムチェックのリボンがついている。

「あはは、頭のサイズは、私《わたし》とおんなじなんだね。にあってる、にあってる」

それから、わたしの首にタオルを巻《ま》きつけた。まるでスカーフみたいに。

このタオルは、あとでものすごく役に立つことになる。

「カントリーガールのできあがり！」

くしゃくしゃの笑顔になって、摩耶《まや》さんは車の助手席のドアをあけてくれた。摩耶《まや》さんも、わたしとおんなじようなかっこうをしている。

ふたりとも、かばんは持っていない。持っていくのは、おべんとうと水筒《すいとう》だけ。

「うわあ、きょうはこっちの車？　やったー」

歓声《かんせい》をあげると、摩耶《まや》さんは大きく「うん」とうなずいた。

この家にやってきたときから「乗ってみたいな」と思っていた、大きな赤い車。

「ピック・アップ・トラックっていうのよ」

と、摩耶《まや》さんから教わっていた。

摩耶《まや》さんは、二台の車を持っている。

一台は、空港までおむかえに来てくれたときに乗っていた銀色の車で、これは、日本でもよく見かけるふつうの車だ。おとうさんも、にたような車に乗っていた。もう一台のピック・アップ・トラックは、日本の町や都会ではあまり見かけない。

その名のとおり、小型のトラックみたいな形をしている。座席《ざせき》のうしろには広い荷台がついていて、摩耶《まや》さんはそこに、いろんな道具を積みこんでいる。バケツ、ホース、ほうき、ちりとり、スコップ、くまで、のこぎり、レジャーシート、トロッコなど。ほかにも、名前のわからない、名前を知らない道具がいっぱい。

バスに乗るときのようにステップをふんで、わたしは座席《ざせき》にのぼった。高い位置に座席《ざせき》があるから、車に「のぼる」という感じになる。

仕事に出かけるとき、摩耶《まや》さんはいつも、この赤い小型トラックを使っている。

ということは、これから連れていってもらうことになっている「森の小学校」は、摩耶《まや》さんの仕事場？

摩耶《まや》さんは、森の小学校で、どんな仕事をしているのだろう。先生？　森の小学校では、先生も生徒も、長ぐつをはいて、麦わらぼうしをかぶっている？　長そでのシャツにジーンズ。これが制服《せいふく》？

わたしの「どきどきとわくわく」を乗せて、赤い車は出発した。

きょうはわたしの入学式なのだ。

どんな友だちに会えるのだろう。

わたしの英語は、みんなに通じるだろうか。


ゆるやかな坂道をくだって、大通りに出てしばらく走ると、そこから先は、わたしにとって、未知の道だった。

いくつかの曲がり角を曲がって、カーブの多い川ぞいの道を走って、林の中をくぐりぬけたと思ったら、また別の林の中を走りぬけて、信号なんてまったくないまっすぐな道を、摩耶《まや》さんの運転する赤い車は、すいすい走っていく。

とちゅうから、あたりのけしきは緑一色になった。

一色ではあるけれど、この緑には、いろいろな種類がある。そして、摩耶《まや》さんの家の中から見える緑とはちがって、この緑には、広がりがある。野原のみどり。草原のみどり。森のみどり。山のみどり。丘《おか》のみどり。畑のみどり。

緑のじゅうたんをしきつめたような牧場《ぼくじょう》の草原の上に、ぽつん、ぽつん、ぽつん、と、チェスの駒《こま》が置かれているように見えるのは、放《はな》し飼《が》いにされている、牛や馬や羊たち。黒い牛もいれば、茶色い牛もいる。白に黒い斑点《はんてん》の牛も。

外国の絵本によく出てくる、白い家。

発射《はっしゃ》を待つ宇宙《うちゅう》ロケットみたいな、サイロ。

アメリカに来て以来、ほとんど毎日、家の中にこもっていたわたしの目には、見えるもの、見えてくるもの、何もかもがあざやかに、たった今、生まれたばかりの物語のようにうつっている。

だから、わくわくする。

つづきには、どんなことが書いてあるんだろうって思って、どきどきする。

そう、まるで、新しい本のページをめくっているときのような気持ち。

はるかかなたに見えていた、白い家とサイロがぐんぐん近づいてきて、

「はい、着きました。あそこが森の小学校。みんな、みずきを大歓迎《だいかんげい》してくれるわよ」

摩耶《まや》さんの指さした先を見ると、そこには、校舎《こうしゃ》や体育館のように見えないこともない建物がいくつか。運動場のかわりに、草原が広がっている。

駐車場《ちゅうしゃじょう》に車を止めて、わたしたちは入り口まで歩いていった。

入り口の近くに立っている松の木の太い幹《みき》に、板でつくられたかんばんがかかっていた。

かんばんには、英語で、こんな文字がきざまれていた。

「Welcome to our sanctuary!」

最後の単語の読み方と意味は、わからなかった。

最初のほうは、わかった。

「ウェルカム」の意味は「ようこそ」だ。「いらっしゃいませ」という意味もある。

あの「san……」っていうのは、どういう意味なんだろう。

わたしがたずねるよりも先に、摩耶《まや》さんが教えてくれた。

「サンクチュアリーっていうのはね、まるで楽園みたいな場所なの。パラダイスよ。楽園って日本語の意味は、わかる？」

「らくえん？」

「楽しい園《その》って書くのよ。おもしろいこと、楽しいこと、うれしいことがいっぱいあって、笑いが止まらなくて、世界でいちばん幸せな場所っていう意味なの」

7 校長先生とクラスメイトたち

そこはたしかに、おもしろい場所だった。

摩耶《まや》さんはまず事務所《じむしょ》に入っていって、そこで働いていた人たちに、わたしのことを紹介《しょうかい》してくれた。もちろんわたしも、英語で自己紹介《じこしょうかい》をした。

それから、ひとりひとりと、握手《あくしゅ》をした。「お目にかかれてうれしいです」って言いながら。

事務所《じむしょ》を出ると、摩耶《まや》さんは言った。

「じゃあ、つぎは、校長先生にあいさつをしに行こうね」

なるほど、校長先生はやっぱり校長室にいるんだな。さっきの事務所《じむしょ》は、職員室《しょくいんしつ》？　先生らしい人は、ひとりもいなかったような気がするんだけど。

そんなことを思いながら、摩耶《まや》さんのあとからついていった。

事務所《じむしょ》の裏《うら》には、野菜畑が広がっていた。日本で通《かよ》っている小学校の運動場と、同じくらいの広さ。何人か、畑仕事をしている人もいる。

りんご畑もあった。まだ赤くなっていないりんごの実が、たわわになっている。りんごだけじゃなくて、黄色い実、赤い実、オレンジ色の実、黒っぽい実をつけた、いろんな木が生えていた。曲がった枝《えだ》がかさなりあって、やぶみたいになっている低木もある。この木はあとで「ブラックベリー」だとわかった。

あちこちから小鳥たちが飛んできて、木々の枝《えだ》にとまり、実をついばんでは、また去っていく。小鳥たちの羽の色も、黄色、灰色《はいいろ》、ブルー、赤、オレンジ、と、色とりどり。

木と、木の実と、小鳥たちを見ているだけでもじゅうぶんおもしろかったのに、摩耶《まや》さんが木戸をおしあけて入った「校長室」には、もっとおもしろい顔が待っていた。

校長先生は開口《かいこう》いちばん、「ハロー」でもなく、「ハーイ」でもなく、こう言って、わたしを出むかえてくれた。

「メエエエエ、メエエエエ、メエエエエ」

一瞬《いっしゅん》、ぎょっとして、一歩うしろにさがってしまった。つぎの瞬間《しゅんかん》、校長先生のまぬけな顔を見て「ぶっ」とふきだしてしまった。

もしかしたら、ついさっきまで、お昼寝《ひるね》でもしていたのだろうか、ねむそうな、とろーんとした目と目は、地球と火星くらい、はなれている。

目のそばから、だらーんとさがっている長い耳。

すいこまれてしまいそうなほど大きな、鼻のあな。

耳のうしろから背中《せなか》に向かって、ブーメランみたいな形をした角《つの》が、びよーん。

何よりもおもしろいと思ったのは、口の両わきから、長くてふさふさしたひげが二本、たれさがっていること。体はうすい茶色の毛でおおわれているのに、ひげだけが白い。

森の小学校の校長先生は、やぎだったのだ。

「校長の名前はジャックっていうの。さ、みずきもあいさつをして」

ジャックに向かって「ハーイ！」と声をかけてから、ぺこんと頭をさげた。握手《あくしゅ》をするわけにはいかないだろうと思って。

「頭をなでてもいいの？」

「もちろんよ」

手をのばして、ジャックの頭のてっぺんをぐりぐり、なでてあげた。ジャックは、あごをあげるようにして首をふりながら、目を細めて、うれしそうな表情《ひょうじょう》になった。

近くで見ると、ジャックの角《つの》は太くて、固くて、筋《すじ》が何本か、入っている。かんろくのある角《つの》だ。やぎがこんなりっぱな角《つの》を持っていたなんて。これが牛の角《つの》みたいに上を向いていたら、つかれそうで、こわいだろうな。だいじょうぶ、ジャックの角《つの》はくるんと曲がって、下を向いている。

「ジャック先生、初めまして。わたしは、新入生のみずきです。日本から来ました。いっしょうけんめいがんばりますので、よろしくお願いします」

ていねいに、英語で自己紹介《じこしょうかい》をした。

「メエメエメエメエー」

さっきとはちょっとちがった、やさしい声が返ってきた。


そこはたしかに、楽しい場所だった。

校長室をあとにして、摩耶《まや》さんの案内で、さまざまな「教室」をたずねて「クラスメイトたち」に会った。

教室は、広大な敷地《しきち》に、ぽつり、ぽつり、と、はなれてたっているので、教室移動《いどう》をするだけでも時間がかかる。とちゅうで木かげに腰《こし》をおろして、摩耶《まや》さんといっしょにおべんとうを食べた。サンドイッチとアイスティー。まるで遠足にやってきたみたいだ。

紹介《しょうかい》されたなかまたちの顔はどれも、おもしろすぎて、おかしすぎて、わたしの顔は笑いっぱなしで、なかなかもとにもどらない。

「全員の名前を覚えるのが、きょうのみずきの課題ね」

摩耶《まや》さんからもらった「生徒めいぼ」――サンクチュアリーのパンフレット――を片手《かたて》に、ひとりひとりの顔と名前を覚えていく。

まっ白な毛をしたこやぎの名前は、スノーボール。

金色の目をした黒ねこのミッドナイト。

青い顔に、まっ赤な仮面《かめん》をかぶっているように見える三羽の七面鳥《しちめんちょう》は、ヘンリー、チャーリー、エミリー。この三羽は、わたしのことが気に入ったのか、ずっとわたしにくっついて、はなれようとしない。

どろんこ遊びが大好きで、くるくるっとカールしたしっぽと、あながふたつしかないレンコンみたいな鼻を「ブヒブヒ」鳴らせているのは、おかあさんぶたのピンキー。

ピンキーのまわりを、ちょこちょこ走りまわっている子どもたちは、フィリップにエドワードにトムにクリスに……まだあと四頭。そんなにいっぺんに覚えられないよ。

どうしよう。「にわとり教室」のにわとりたち、一羽、一羽にも、ちゃんと名前がついている。にわとりの数は、ぱっと見ただけでは数えられないほど、たくさん。

このほかにも「馬教室」「犬教室」「牛教室」があって、そこにもわたしのクラスメイトたちがいた。池のほとりには「水鳥教室」も。ひとり、ひとり、顔も表情《ひょうじょう》も性格《せいかく》もちがっている。一匹《ぴき》、一匹《ぴき》、一頭、一頭、一羽、一羽に、それぞれの個性《こせい》がある。

動物も、人とおんなじなんだなと思った。

そこはたしかに、世界でいちばん幸せな場所だった。

なかまたち全員にあいさつと自己紹介《じこしょうかい》をしたあと、事務所《じむしょ》へもどる道すがら、摩耶《まや》さんが教えてくれた。

「ここにいるみんなはね、ここに来る前には、病気にかかったり、けがをしたり、死にそうになったり、飼《か》い主《ぬし》に捨《す》てられてひとりぼっちになったり、傷《きず》つけられたり、いじめられたりして、たいへんな目にあっていた子たちなの。そういう動物たちを助けに行って、保護《ほご》して、ひきとって、治療《ちりょう》をしたり、介護《かいご》をしたりして、幸せに暮《く》らしてもらうのが、私《わたし》たちの仕事なの」

サンクチュアリーには「逃《に》げこむ場所」という意味もあるのよ、と、そのあとに摩耶《まや》さんはつづけた。

命からがら、逃《に》げこんできた動物たちを、幸せにしてあげる場所。

「だからここは、命の楽園なの」

世界でいちばん幸せな、命の楽園――。

8 楽園の時間わり

つぎの日から、毎日、摩耶《まや》さんといっしょに赤いピック・アップ・トラックに乗って、サンクチュアリーに通《かよ》った。

生まれて初めてのボランティア活動。

「よく学び、よく遊べ」というのは、日本の小学校の校長先生が言っていたことだけど、森の小学校では「よく運動し、よく遊べ」になる。つまり、ここでは、勉強すること、イコール、体を動かし、汗《あせ》を流しながら、動物たちのためにつくすことなのだ。

ボランティア活動は、体験学習とも言える。

サンクチュアリーで、わたしが体験することになった「学習」とは——


一時間めは、野菜の時間。

野菜畑で、野菜の収穫《しゅうかく》を手伝う。たとえばある日は、トマトとバジル——英語では「トメィトゥとベイズォル」と発音する——を、たとえばある日は、ズッキーニとキューカンバーを。

野菜の名前をしっかり覚えておいて、よかった。

アメリカのきゅうりって、なすみたいに太い。

アメリカのなすの太さときたら、まるで怪物《かいぶつ》の足。

アメリカのピーマンの大きさときたら、まるで妖怪《ようかい》の手。

二時間めは、給食の時間。

動物たちに、朝ごはんを配る。野菜畑でとれた野菜、近所の農家の人が届《とど》けてくれた野菜やくだもの、それから、近くの村のスーパーマーケットで売れのこったものをもらっているというパン。きざんだりちぎったりしてまぜこんでから、ボウルに入れて、各教室に届《とど》ける。

三時間めは、たまごの時間。

にわとり小屋に行って、にわとりたちの産んだたまごを集める。あたたかいたまごを、かごいっぱいに。たまごはスタッフたちで分けあって、食べたり、持ってかえったりする。それでもあまったものはゆでたまごにして、動物たちにあげる。みんなたまごが大好きだ。

ここまでが午前中の時間わり。

体はすでに汗《あせ》びっしょりになっている。首から巻《ま》いているタオルのスカーフで、流れる汗《あせ》をぬぐいながら、夢中《むちゅう》で体験学習をする。

待ちに待ったお昼休みがやってくる。

すずしい木かげに腰《こし》をおろして、輪になって、事務所《じむしょ》のみんなといっしょにランチを食べる。ランチはたいてい、サンドイッチ。たまごサンド、ツナサンド、チーズサンド、野菜のミックスサンド、なすとトマトとバジルのサンド。ちょっとピザみたいなホットサンド。巻《ま》き寿司《ずし》みたいに巻《ま》かれたサンドもある。摩耶《まや》さんがつくることもあるし、わたしがつくることもある。ほかの人がつくって持ってきたものと、交換《こうかん》しあうのがとても楽しい。

ときどき、ああ、おかあさんのおにぎりが食べたいなぁって、わたしは思う。

きょうの飲み物は、野菜畑のかたすみに生えているハーブをつんでこしらえた、ハーブティー。野生のブラックベリーが、そえられている。

朝、だれかがつんできたハーブ――ミントとか、レモングラスとか、ラベンダーとか――をガラスのポットにぎゅうぎゅうつめこんで、上からお水をそそいで、太陽の陽射《ひざ》しがいちばん強くさしこんでくる、事務所《じむしょ》の窓辺《まどべ》に置いておく。そうすると、お昼には「太陽のハーブティー」ができあがっている。色は金色。かおりは青い。

このお茶を、めずらしい飲み物が好きだったおとうさんに、飲ませてあげたいなぁって、わたしは思う。

ランチのあと、お茶を飲みながら、だれかが焼いて持ってきた、クッキーやブラウニーやパイやタルトを食べる。まだ、ほんのりあたたかいお菓子《かし》を食べながら、いろいろな話をする。

音楽を聴《き》くようなつもりで、わたしは英語の会話に耳をかたむけている。聞きとるのはむずかしいけれど、それでもところどころ、なんとなく意味のわかる部分もある。たいせつな話については、摩耶《まや》さんが通訳《つうやく》してくれる。

日本のことをたずねられたら、へたな英語でいっしょうけんめい答える。摩耶《まや》さんが、へたな英語からじょうずな英語に通訳《つうやく》してくれる。お昼休みはいつのまにか「英語の時間」になっている。

お昼休みのあと、少しだけ、お昼寝《ひるね》をする。

わたしは、ぶたファミリーのそばでねるのが大好き。すやすやねむっているピンキーと、八頭のこぶたたち――まだ全員の名前を覚えることができていない——の鼻息といびきにつつまれていると、まるで子守唄《こもりうた》を聞いているような、安心な気持ちになれる。

お昼寝《ひるね》のあとは、さあ、午後の体験学習だ。

気力も体力もすっかり回復《かいふく》している。

午後は、野菜畑の草とりをしたり、くだものの実をもいだり、獣医《じゅうい》さんがやってきたらお茶とお菓子《かし》を出したり、書類の整理をしたり、コピーをしたり、いそがしいスタッフからたのまれた仕事を手伝う。そうやって、夕方まででくるくる、体を動かしている。

かわいていたシャツが、ふたたび汗《あせ》びっしょりになっている。Tシャツもタオルも、お昼休みの前に、とりかえておいたんだけど。

夕方が近づいてきたころ、校長室へ行って、ジャックのために、古いわらを新しいわらにとりかえてあげる。

これが六時間め、最後の授業《じゅぎょう》。

ジャックは、曲がった角《つの》の先をわたしの肩《かた》にツンツンあてて「遊ぼうよ、遊ぼうよ」とさそってくる。しかたのない校長先生だ。こまった校長先生だ。

よしよし、わかった。

「わかりました」

ジャックの背中《せなか》をなでてあげる。ごつごつしている。やわらかい横っ腹《ぱら》に鼻を近づけると、お日さまのにおいがする。わたしのほっぺを、ジャックは舌《した》でぺろんとなめる。まるで「ありがとう」って言ってるみたいに。

新しいわらをしきおえると、ジャックに敬礼《けいれい》をする。

「はい、先生、これで今夜の寝床《ねどこ》のできあがり！　ベッドメイキング、終了《しゅうりょう》です」

うれしそうに、ジャックは笑う。「なかなかよろしい、けっこうなしあがりです」って言ってるみたいに。

そう、動物だって、笑ったり、泣いたり、喜んだり、悲しんだりするのだ。そのことを、ここへ来て初めて、自分の目で見て、心で感じて、理解《りかい》することができた。

動物は、人間と同じ重さの、同じ尊《とうと》さの命を持った、わたしたちと同じ生き物なのだ。そしてその命は、たったひとつしかない。

「ジャック、よかったね。サンクチュアリーに来ることができて、ほんとうによかったね」

声をかけながら、摩耶《まや》さんのことばを思いだしている。

「ジャックはね、ここに来たときには、ほとんど死にかけていたの。無責任《むせきにん》な飼《か》い主《ぬし》にほったらかしにされて、ごはんももらえないで、ガリガリになって、鎖《くさり》でつながれたまま、身動きもできないような、せまくて暗いところにおしこまれていたの。私《わたし》たちが助けに行くのがもう少しおくれていたら、死んでしまっていたかもしれない」

帰り道は、わたしも摩耶《まや》さんもくたくたにつかれている。

早くおうちにもどって、シャワーをあびて、さっぱりしたいと思っている。

けれども、わたしの気持ちは、すがすがしい。台風の去ったあとの青空みたいにさっぱりしている。

体から汗《あせ》を流せば、心からも汗《あせ》が流れでていくのだろうか。

もしかしたら、悲しみも?

サンクチュアリーでボランティア活動を始めて、五日め。

その日、赤いピック・アップ・トラックに乗って家にもどる道のとちゅうで、「あること」に気づいて、はっとした。

きょう一日、一度も、おとうさんのことを思いださなかった。

おとうさんのこと、おとうさんのいなくなった日のこと、おとうさんの死について、思いだすことも考えることもなく、一日じゅう、夢中《むちゅう》で体を動かしていた。よく笑い、よく遊び、よく食べ、よく学習した。そういえばこのごろ、悲しみのうずまきは、やってこなくなっている。

わたしは、おとうさんのことを、忘《わす》れてしまったの?

それはちがう、と、わたしは思った。

忘《わす》れてなんか、いない。忘《わす》れるはずがない。

一度もおとうさんのことを思いださなかったのは、それは、おとうさんのことを忘《わす》れたのではなくて、その反対だと思った。

おとうさんは、わたしが野菜畑にいるときには、りんご畑にいるときには、りんご畑にいる。にわとりのたまごを集めているときには、おとうさんもいっしょに集めている。空を見あげているときには、いっしょに見あげているし、こぶたたちに追いかけられているときには、わたしといっしょに逃《に》げている。だからわたしは、おとうさんのことを思いだす必要がないし、忘《わす》れることもない。だって、おとうさんはわたしといっしょに、いつも、ここに、いるのだから。

おとうさんは、わたしの心の中にいる。

ふと、おかあさんのことを考えた。

おかあさんが、夏のあいだ、わたしを摩耶《まや》さんの家にあずけてくれたのは、こうして、命の楽園に来させてくれたのは、おとうさんのことを忘《わす》れさせようとしたのではなくて、「いつも、おとうさんといっしょだよ」って、思えるようになってほしかったからかもしれない。

フロントガラスの向こうに広がっている、夕焼けをながめながら思った。

おかあさんも、おにいちゃんも、そんな気持ちになれていたらいいな。

9　お姫《ひめ》さまの木と王さまの横断《おうだん》歩道

　ヨーグルトをちょっぴりかけたフルーツサラダと、メイプルシロップをたっぷりかけたパンケーキの朝ごはんを食べたあと、いつものように、三つ編《あ》み、長ぐつ、麦わらぼうし、首にタオルの「カントリーガール」ファッションで、赤いピック・アップ・トラックに乗りこもうとしていると、

「あ、ちょっと待った！」

　うしろから、摩耶《まや》さんに声をかけられた。

「出かける前に、みずきに見せたいものがあるの。もうそろそろ、見せてあげてもいいかなって思って」

摩耶《まや》さんは、わたしの肩《かた》をぽんとたたいて、にっこりした。

笑うと目じりにしわが三本。そのしわは、おとうさんにそっくり。

「見せたいものって？」

「いいから、来て」

家の前に広がっている野原をずんずん横断《おうだん》し、野原と森のちょうどさかい目にある大きな池のほとりまで、摩耶《まや》さんはわたしを連れていった。

そこには、屋根と窓《まど》わくはあるけれど、壁《かべ》も窓《まど》ガラスもない、木づくりの、かわいらしい小屋みたいな建物──「ガゼボ」というそうだ──があった。

中にはベンチがついていて、休憩《きゅうけい》できるようになっている。わたしの暮《く》らしている二階の部屋の窓《まど》からは、このガゼボは見えていなかった。

「わあ、なんだか、森の遊園地に来たみたい」

六角形のガゼボを見あげているわたしに、摩耶《まや》さんは言った。

「それじゃないの、見せたいものは」

摩耶《まや》さんはそう言って、ガゼボのすぐそばに立っている、一本の木を指さした。森に自然に生えている木ではなく、あきらかに、だれかがここに植えた木だとわかった。

「これ、なんの木か、わかる?」

背《せ》は、ガゼボの屋根よりもちょっとだけ高い。幹《みき》はそれほど太くはない。まだ若《わか》い木なのだろうか。四方八方にのびている枝《えだ》には、大きめの葉っぱがびっしりしげっている。一枚《まい》一枚《まい》に朝の光を集めて、つやつやとかがやいている。やわらかそうな葉っぱだ。くるんとカールしている若葉《わかば》もある。

「……わからない」

葉っぱを見ただけでは、この木の名前まではわからない。もみじや桜《さくら》やいちょうや梅《うめ》や、松や杉《すぎ》なら、わかるんだけど。木の好きなおとうさんだったら、きっとすぐにわかるんだろうな。

「日本にも生えている木なのよ。春に咲《さ》いてる花を見たら、みずきも『ああっ、あの木だ』ってわかると思う」

摩耶《まや》さんは木に近づいていって、枝《えだ》の先や葉っぱに手をのばした。なんだか、友だちの肩《かた》や背中《せなか》にふれているように見えた。

わたしも葉っぱにふれてみた。ひんやりしていた。朝露《あさつゆ》のなごりのせいか、ちょっとだけ、しめっていた。

「英語では、ドッグウッド。犬の木ね。なぜ犬の木なのか、それについては私《わたし》は知らない。春の初めに、まっ白で清潔《せいけつ》なハンカチみたいな、とてもきれいな花を咲《さ》かせるの。あ、正確《せいかく》に言うと、それは花じゃなくて、花のまわりの萼《がく》なんだけど。日本語では『ハナミズキ』っていうの。そう、みずきの木よ。これは、あなたの木なの」

「わたしの木……」

ハナミズキという名前には、聞き覚えがあった。けれども、実際《じっさい》にこうして、木を目の前にし、木にふれたのは、きょうが初めてだという気がした。うちの庭には、生えていない。

摩耶《まや》さんは、同じことばをくりかえした。

最初のことばは同じだったが、そのつづきはちがっていた。

「そう、これはあなたの木なの。この木は、タツがあなたのために、植えた木なの」

「え、わたしのために？」

びっくりした。ふたつのことに。

おとうさんがわたしのために、この木をここに植えたということと、摩耶《まや》さんが「龍《タツ》」という名前を口にしたことに。

わたしのおとうさんの名前は、龍平《たっぺい》という。摩耶《まや》さんは自分の弟を「タツ」と呼《よ》んでいたのだろう。おとうさんも、摩耶《まや》さんにかかったら、家来《けらい》の犬みたいだ。

摩耶《まや》さんは教えてくれた。

わたしが生まれてまもない赤んぼうだったころ、おとうさんはひとりで、この家をたずねてきた。仕事でアメリカに来たついでに足をのばして。そのとき、わたしの誕生《たんじょう》を記念して、おとうさんは摩耶《まや》さんといっしょに、ここにこの木を植えたという。

植えたときには「まだ、こんなに小さかったのよ」と、摩耶《まや》さんはわたしの腰《こし》のあたりに手をあてた。

「枝《えだ》も細くてね、ひょろひょろしてた。それがもう、こんなに大きくなって、りっぱになって、毎年、きれいな花を咲《さ》かせてくれて、みずきの背《せ》も追いぬいてしまった。でも、この木はあなたとおない年」

「だから、わたしの木？」

摩耶《まや》さんはうなずいた。

「ハナミズキはね、おめでたい木なの。明治時代の終わりごろ、日本がアメリカに桜《さくら》の木をプレゼントしたら、アメリカはそのお返しとして日本に、この木を贈《おく》ってくれたんだって。花も実も紅葉《こうよう》もきれいな木だから、これはみずきにぴったりだなって、タツは言ってた。おれのお姫《ひめ》さまの木なんだぞって。あいつ、みずきが生まれたことが、よっぽどうれしかったのね」

摩耶《まや》さんはそのとき、わたしに背中《せなか》を向けていた。だから摩耶《まや》さんがどんな表情《ひょうじょう》をしているのか、わからなかった。でも、摩耶《まや》さんの声はちょっとだけ、しめっていた。まるで雨にぬれた葉っぱみたいに。

そのときになってやっと、気がついた。

おとうさんが亡《な》くなって悲しんでいるのは、わたしだけじゃないんだってことに。おかあさん、おにいちゃん、そして摩耶《まや》さんだって、弟を亡《な》くして、悲しんでいるんだって。

そういえば、摩耶《まや》さんとおとうさんの両親――わたしのおじいちゃんとおばあちゃんにあたる人たち――は、姉弟《きょうだい》が二十代だったころに、亡《な》くなってしまったと聞いている。ということは、摩耶《まや》さんは、両親だけじゃなくて弟も、つまり家族全員を亡《な》くしてしまったことになる。

それなのに、摩耶《まや》さんは――


「さあ、行こう！　ぐずぐずしてたら遅刻《ちこく》しちゃう。ジャック校長にしかられちゃう」

ガゼボをあとにして、走りだした摩耶《まや》さんのあとを追いかけて、わたしも走っていった。

ガレージまで、ふたりで競争しながら走って、赤いピック・アップ・トラックに飛びのって、サンクチュアリーに向かった。

夏の太陽は今しがた、空にのぼったばかりだ。

暑くなる前に、まだすずしいうちに、野菜の時間とたまごの時間をすませておきたい。

いつもの坂道、いつもの大通り、いくつかの曲がり角。

その先には、いつもの川ぞいの道がつづいている。カーブは多いけど、信号なんてひとつもないから、車はすいすい走っていく——はずだったんだけど。

カーブを曲がって、川ぞいの道に入ったとたん、摩耶《まや》さんが急ブレーキをふんだ。タイヤが「キュッ」と悲鳴をあげた。

「あれっ?」

わたしも声をあげた。

目の前に、五、六台の車が止まっている。向かい側から走ってきた車も、何台か、止まってしまっている。こんなことは、今までには一度もなかった。

「交通事故《じこ》？」

おそるおそるたずねると、摩耶《まや》さんは首を横にふった。

「ありえない」

「じゅうたい？」

「ありえない」

信号待ちも、じゅうたいも、日本ではとくに、めずらしいことではない。けれども、ここではたしかにありえない。車の数も少ないし、歩行者もめったに見かけない。それなのになぜ、どの車も止まったまま、動こうとしないのだろう。

摩耶《まや》さんはハンドルから両手をはなして、「お手あげです」と言いたげなしぐさをしている。その横顔には、笑みがうかんでいる。「やれやれ」って言ってるみたいな。

わたしの顔を見ながら、摩耶《まや》さんは楽しそうに笑った。

「やれやれ、王さまのお出ましよ。われわれはここで、じっと待つしかないの。そうだ、じっと待っててもつまんないから、おすがたを見に行ってみようか」

わたしたちは車からおりて、王さまの「おすがた」を見に行った。

同じように、車からおりて見に来ている人たちが、大ぜいいる。

道路の右手には川が流れていて、道をはさんで左手には、沼《ぬま》がある。沼《ぬま》はそのまま湿地帯《しっちたい》――ウェットランドと呼《よ》ばれている――につづいている。どうやら王さまは、湿地帯《しっちたい》を目指して、たったひとりで行進をなさっているようだ。

「わあっ」

わたしは思わず歓声《かんせい》をあげた。

なんて大きな、なんてりっぱな、なんて堂々《どうどう》とした、おすがた。

王さまは、亀《かめ》だった。

大きさはちょうど人間の赤ちゃんくらい。黒々とした背中《せなか》に、あざやかな黄色の線。ねむそうな、とろんとした目。顔にも、黒と黄色の線のもようが入っている。

首をのばして、あごをあげたり、さげたりしながら、ゆっくり、ゆっくり、歩いていく。とちゅうで立ちどまって、考えごとをしているような顔つきになったりしている。

車からおりてきた人たちはみんな、静かに、ちょっと離《はな》れたところから、亀《かめ》の横断《おうだん》を見まもっている。「がんばれ、がんばれ、もう少しだ」と、小さな声で声援《せいえん》を送っている人もいる。

「この亀《かめ》さんがぶじ、道をわたりおえるまで、人間どもは静かに待つ。それが村の決まりなの。だれも文句《もんく》を言ったりしない。だって、ここは、亀《かめ》さんの土地なんだから」

どれくらい、時間がかかるのだろう。この行進が終わるまでに。

サンクチュアリーに行くのが、おそくなってしまうかもしれないな。

そんなことを思っていると、摩耶《まや》さんはわたしの肩《かた》をだきよせて、ふふっと笑った。

それから、ないしょ話をするようにして言った。

「あのね、王さまの行進のあった朝には、家来《けらい》たちは、学校や会社に遅刻《ちこく》してもいいことになっているの」

10 りんごの好きななかまたち

きょうの一時間めは、りんごの時間。

野菜畑のいちばん奥《おく》にあるりんご畑で、地面に落ちているりんごをひろっては、かごの中に入れていく。

ここに来たばかりのころは、青くて小さかった実が、八月のなかばをすぎたころから少しずつ色づきはじめて、今は、熟《う》れた実がぽつぽつと地面に落ちるようになっている。もちろん、まだ青い実もたくさんついている。

赤いりんご。黄色いりんご。緑色のりんご。

それだけじゃなくて、緑と赤、赤と黄、黄と緑の、二色のりんご。ほっぺが赤く染《そ》まっているりんごもあるし、顔ににきびがいっぱいできているりんごもある。

色だけじゃなくて、大きさも形も、一個《こ》、一個《こ》、ちがう。

りんごに、こんなにたくさんの種類があるなんて、今までずっと、知らなかった。

日本のお店で売られていたりんごは、大きくて、つやつやしていて、形もそろっていた。皮をむいて、四つに切ってから、食べていた。

サンクチュアリーのりんご畑に落ちているりんごは、小ぶりで、形もさまざま。ところどころ、虫に食われたり、鳥につつかれたりしている。サンクチュアリーで働いている人たちは——摩耶《まや》さんも——皮はむかないで、がぶりとかぶりつく。

味は、日本のりんごにくらべると、すっぱい。すっぱくて、ほんのりあまい。味も、舌《した》ざわりも、一個《こ》、一個《こ》、ちがう。

動物たちもみんな、りんごが大好き。

ひろいあつめたりんごは、野菜といっしょに、動物たちの給食にする。

「ところで、みずき。このりんご、どこで生まれて、どこからやってきたのか、知ってる?」

わたしといっしょにりんごを集めている、ゴードンから聞かれた。もちろん英語で。

ゴードンは大学生。この村で生まれ育って、高校を卒業したあと、カリフォルニア州にある大学に進んだ。毎年、夏休みになると、両親の住んでいる村にもどってきて、こうして、サンクチュアリーでボランティアとして働いているという。

ええっと、りんごはどこからやってきたんだろう？

もしかしたら、日本から？

日本で生まれて、アメリカへ？

などと思いながら、頭の中で「りんごは日本から来ました」という英文を組みたてようとしていると、ゴードンは教えてくれた。

「ヨーロッパからだよ」

ゴードンの話によると、りんごの木をアメリカに持ってきたのは、ヨーロッパからの移民《いみん》たちだったという。りんごをしぼってジュースにして飲めば、飲み水のかわりにもなると思ったらしい。

そして、おどろいたことに、

「江戸《えど》時代の終わりにね、開国したばかりの日本からアメリカにやってきた幕府《ばくふ》の役人が、日本にもどるとき、アメリカから、りんごの苗木《なえぎ》を持ってかえったそうだよ」

という。

知らなかった。

りんごは、アメリカから日本へやってきた、くだものだったなんて。

「よし、きょうはこのくらいにしておこうか」

と、ゴードンが言った。

ゴードンのかごは、すでにりんごでいっぱいになっている。わたしのかごには、半分くらいしか、入っていない。畑にはまだ、落ちているりんごがちらほら。ゴードンは、落ちているりんごを指さして、にっこり笑った。

「あれは鹿《しか》たちのために、残しておいてあげよう」

この地方にすんでいる鹿《しか》は、しっぽの裏側《うらがわ》が白いから「ホワイト・テイルド・ディアー」と呼《よ》ばれている。

鹿《しか》たちもりんごが大好きだ。地面に落ちているりんごを食べてしまったあとは、木の下で、りんごが落ちてくるのを待っている。りすたちが木登りをして、枝《えだ》をゆすってりんごを落としてあげていることもある。まるで、絵本の一ページを見ているような光景。

ゴードンといっしょに、集めたりんごをトロッコに乗せて運んでいると、サンクチュアリーの事務所《じむしょ》から、スタッフのひとりが飛びだしてきた。

大きな声で、ゴードンの名前を呼《よ》んでいる。

「ゴードン！　ゴードン！　ちょっと手を貸《か》してもらえないだろうか。応援《おうえん》をたのみたい」

「わかりました。どんなことでしょう？」

ゴードンの問いかけに答えるよりも先に、スタッフはわたしの顔を見て言った。

「できればきみにも手伝ってもらいたいんだが、きみは勇敢《ゆうかん》ですか？」

はっきりと聞きとれた「ブレイブ」ということばには、「勇敢《ゆうかん》な」「勇気がある」という意味がある。

「はい、勇敢《ゆうかん》です」

胸《むね》をはって、答えた。英語には自信はないけれど、勇気なら持っている。

「よかった、じゃあ、すぐ行こう。みんな向こうで待ってるから」

ゴードンとわたしは、スタッフのあとからついて、走っていった。

行き先は、サンクチュアリーのななめ向かいにある、一軒《けん》の家の裏庭《うらにわ》だった。

裏庭《うらにわ》のかたすみで、五、六人の人たちがかたまって、みんなで何か重いものを持ちあげようとしている。でも、なかなか持ちあがらない。そうとうに重いものなのだろう。

摩耶《まや》さんもいた。

「あ、みずきも来てくれたのね」

「うわあ……でっかーい！」

みんなで持ちあげようとしていたのは、まっ黒なくまだった。おすもうさんみたいに大きい。レジャーシートの上で、ぐったりしている。あまりの大きさにおどろいて、思わず一歩だけ、あとずさりをしてしまった。

摩耶《まや》さんが言った。

「麻酔《ますい》を打たれてねむっているの。だから、だいじょうぶよ」

ブラックベアーは、ふだんは山の奥《おく》のほうで暮《く》らしていて、人の家の庭にすがたをあらわすことなどめったにないし、おとなしい性格《せいかく》のくまだから、人に危害《きがい》をくわえたりすることもまったくないという。

「きっと、りんごが食べたかったんでしょう」

だれかがそう言った。

この家の裏庭《うらにわ》にも、野生のりんごの木が生えている。

よいしょ、よいしょ。

家の人たち、サンクチュアリーのスタッフ、全員で力をあわせて、ブラックベアーをトラックの荷台に積みこんだ。

麻酔《ますい》のきいているあいだに、村からできるだけ遠く、できるだけ山の奥深《おくぶか》くまで運んでいって、そこで、森にもどすことになっているそうだ。

「黒くまさん、さようなら、元気でね。幸せに暮《く》らしてね」

別れぎわに、くまさんの背中《せなか》をなでさせてもらった。

わたしの指が背骨《せぼね》にふれたとき、ピクッと前足が動いた。

ちっともこわくなかった。

だって、わたしは勇敢《ゆうかん》な女の子だから。
おとうさん、そうよね？
わたし、勇敢《ゆうかん》だったよね？
あんなにも大きな悲しみのうずまきにも、負けなかったんだものね。

11 「ありがとう」のうずまき

八月の最後の土曜日。

朝からずっと雨がふっている。

わたしは家の二階で、日本から持ってきた夏休みの宿題をしたり、本を読んだりしていた。ときどき、本とノートから顔をあげて、窓《まど》の外を見た。

森の緑が雨にぬれて、喜んでいるように見える。屋根をたたく雨の音が聞こえる。

ふと、天国でも今、雨がふっているのかな、と思った。おとうさんも、こんな雨を見ているのかな。わたしと同じように、雨の音を聞きながら。

それから、こんなことを思った。

おとうさんはいつもほがらかで、いつも元気そうに見えていたけれど、もしかしたら、亡《な》くなる前には、体の調子《ちょうし》がよくなかったのかもしれない。わたしたちに心配をさせまいとして、おとうさんは何も言わないで、いつもと同じような元気な笑顔でいたのかもしれない。

そう思うと、なんだか、いてもたってもいられなくなった。


「さあ、出かけるよ」

ランチのあと、摩耶《まや》さんはそう言って、出かける準備《じゅんび》を始めた。

「あれっ？　きょうは、サンクチュアリーは……」

お休みだったはず。

「うん、私《わたし》の仕事はお休みなんだけど、とくべつなイベントがあるのよ。みずきの力が必要なの。あ、みずきは着がえなくていい。その服装《ふくそう》でいいから。きょうは長ぐつじゃなくて、サンダルでいいよ」

麦わらぼうしも「かぶらなくていい」と言われた。タオルのスカーフも、きょうはなし。

赤いピック・アップ・トラックの行き先は、それでもやっぱりサンクチュアリーだった。

とくべつなイベントって、どんなイベントなんだろう？

わたしの力が必要なことって？

サンクチュアリーに着くと、摩耶《まや》さんは、オフィスのとなりにある会議室――ミーティングルームと呼《よ》ばれている――に、わたしを連れていった。

会議室のドアをあける前に、こう言った。

「本日のクラスメイトは、動物じゃなくて、人間よ」

摩耶《まや》さんはノックをしてから、ドアをあけた。

部屋の中にいた人たちが、いっせいに、わたしたちのほうを見た。

人数は、十人くらいに見えた。男の人もいれば、女の人もいる。若《わか》い人も、お年よりも。みんな大人だ。いすにすわって、輪になっている。

摩耶《まや》さんとわたしも、その輪の中にくわわった。

ひとりずつ、自己紹介《じこしょうかい》を始めた。自己紹介《じこしょうかい》が終わったとき、正確《せいかく》な人数は、摩耶《まや》さんとわたしをふくめて十五人だとわかった。

いちばん若《わか》い人は、大学生。いちばん年上の人は、八十一歳《さい》。

職業《しょくぎょう》は、いろいろ。会社で働いている人もいれば、学校の先生もいたし、お店を経営《けいえい》している人もいれば、スーパーマーケットの店員さんもいた。農園で働いている人、工場で働いている人、美容師《びようし》さん。八十一歳《さい》のおばあさんは、画家だった。

年齢《ねんれい》も職業《しょくぎょう》もばらばら。だけど、集まっている人たちにはひとつだけ、共通点があった。

みんなのひざの上に置かれている写真。

おばあさんのひざの上には、自分で描《か》いた絵。

小さな写真立てに入れている人もいたし、大きくひきのばして、美術館《びじゅつかん》にかざられている絵のように、りっぱな額《がく》に入れている人もいた。

写真にうつっているのは、犬か猫《ねこ》。

おばあさんの絵には、犬と猫《ねこ》の両方がえがかれている。

ここに集まっている人たちは全員、かわいがっていたペットを亡《な》くした人たち。同じ悲しみをかかえている人たちが集まって、たがいをなぐさめあう。このとくべつなイベントの名前は「ペットロスの会」――「ロス」ということばには「失う」という意味がある。

ひとりが手をあげて、犬の思い出を語ると、また別のひとりが手をあげて、猫《ねこ》との思い出を語った。

話を聞きながら涙《なみだ》ぐんでいる人もいたし、おもしろい話をして、みんなを笑わせている人もいた。摩耶《まや》さんが小さな声で、英語から日本語に直して教えてくれたので、ほとんどの内容《ないよう》が理解《りかい》できた。

ここにいるみんなが、どんなに犬や猫《ねこ》をたいせつにしていたのかが、胸《むね》が痛《いた》くなるほど伝わってきた。そして、そんなにもたいせつな存在《そんざい》を亡《な》くしてしまった人たちは、どんなに悲しかっただろうと思った。

みんなの話にひとくぎりがついたところで、摩耶《まや》さんがいすから立ちあがった。

「みなさん、きょうは、日本からのとくべつゲストをおまねきしています。彼女《かのじょ》は、私《わたし》の弟の娘《むすめ》です。夏休みのあいだ、このサンクチュアリーでボランティアと体験学習をしています。英語の勉強は始めたばかりなので、まだうまくしゃべれませんが、わかりにくければ私《わたし》が通訳《つうやく》をつとめますので、どうかよろしくお願いいたします。じゃあ、みずき、自己紹介《じこしょうかい》をして」

自己紹介《じこしょうかい》なら、これまでに何度もしたことがある。

わたしは立ちあがって、しせいを正した。

「みなさん、こんにちは。わたしの名前はみずきです。わたしは日本で生まれました。わたしは今、十二歳《さい》です。日本では、小学校に通《かよ》っています。わたしは本が大好きで、本を読むのが大好きです。犬や猫《ねこ》を飼《か》ったことはありませんが、わたしはサンクチュアリーの動物たちが大好きです。わたしの家族は、おかあさんとおにいさんです。おかあさんは、雑誌《ざっし》の記事を書いたり、編集《へんしゅう》したりする仕事をしています。わたしのおとうさんは」

そこで、なぜか、声がのどにつまってしまった。

つづきの英語が出てこない。

——わたしのおとうさんは、亡《な》くなりました。

今までに何度も、同じことを言ってきたはずなのに、急に言えなくなってしまった。どうしたんだろう、わたし。

心臓《しんぞう》がドキドキしている。ほっぺたが赤くなってきている。耳のつけ根が熱い。どうしよう、あのうずまきがまたもどってきたら。

もう消えてしまったと思っていた、あの、悲しみのうずまきが。

こんなところで、みんなの前で。

助けを求めるようにして、摩耶《まや》さんの顔を見た。

摩耶《まや》さんは、まいごみたいなわたしの顔を見て、ふんわり笑った。その笑顔は「だいじょうぶよ」と言っていた。だいじょうぶ、心配ない、みずきなら、できる。

摩耶《まや》さんの笑顔は、おとうさんにそっくりだった。おとうさんがわたしに

「だいじょうぶだよ」と言ってくれているように見えた。

――だいじょうぶだよ。みずきは、勇敢《ゆうかん》な女の子なんだから。

大きく息をすいこんで、はきだしてから、また話しはじめた。

ここにいる人たちに、おとうさんのことを話したいと、心のそこから思っていた。

英語にはまったく自信はなかったけれど、わたしの胸《むね》は「話したい」という気持ちでいっぱいになっていた。話したい、伝えたい、聞いてもらいたい。

マイファーザー・パスト・アウェイ……

「わたしのおとうさんは、今年の春に亡《な》くなりました。わたしはそのとき、とても悲しかったです。今もとても悲しいです。悲しくて、わたしは学校へ行けなくなりました。友だちと話をすることもできなくなりました。おかあさんは心配して、わたしを夏休みのあいだ、摩耶《まや》さんの家にあずけることにしました。日本から離《はな》れても、わたしの悲しみはなくなりません。おとうさんのことを思いだすと、悲しくてたまりません。おとうさんはやさしい人でした。料理がとくいで、植物や木が好きでした。木や花を育てるのがじょうずで、花に集まってくる虫や、木にやってくる小鳥のことをよく知っていました。おとうさんは、小さな命をたいせつにしている人でした。おとうさんもわたしも、家族はみんな、動物が大好きです。おとうさんとの楽しい思い出はいっぱいあるのに、思いだすと、悲しくなります。泣いたらいけないと思っても、涙《なみだ》が出てくることがあります。わたしはおとうさんに会いたくてたまりません。でも、会えないから、わたしはさびしいです。わたしはとてもさびしいです。だから、みなさんの気持ちがよくわかります。大きくなったら、わたしはおとうさんみたいな人になりたいです。おとうさんは、わたしが世界でいちばん好きな人です」

そこまで話したときだった。

だれかがいすから立ちあがって、わたしの近くまでやってきた。すると、もうひとりが立ちあがって、すぐそばまで来た。ひとりはわたしの肩《かた》に手をまわしてだきしめてくれた。もうひとりはわたしの手をにぎって「ありがとう」と言った。

気がついたら、わたしのまわりに、全員が集まっていた。

「ありがとう」

「ありがとう、たくさんありがとう」

「あなたの話が聞けてよかった」

「ありがとう」

「あなたに会えてよかった」

「あなたはきっと学校にもどれるわ」

「あなたは日本にもどったら、学校へ行く。私《わたし》とそう約束して」

「ありがとう。あなたに会えて、ぼくは幸せだ」

「あなたはもう悲しくない。ここにはなかまがいる」

「あなたのおとうさんは、あなたを誇《ほこ》りに思っている」

みんな口々に「ありがとう」と言っている。摩耶《まや》さんも「みずき、ありがとう」と言っている。泣いている人もいる。笑っている人もいる。笑いながら泣いている人も。その涙《なみだ》はきっと、うれし涙《なみだ》だ。

だれかがだれかに「ありがとう」って言うたびに、悲しみが喜びに変わっていく。

これは「ありがとう」のうずまきだと思った。

ここにいるのはみんな、心に悲しみをいだいている人たち。なのに、それなのに、こうやって、ほかの人をなぐさめることのできる力を持っている。

おとうさん、ありがとう。

おとうさんがわたしを、ここに連れてきてくれたんだと思った。

おとうさんがこの人たちに、わたしを会わせてくれた。

「みなさん、ありがとう」

言いながら、心の中でくりかえしていた。

おとうさん、ありがとう。ありがとう、ありがとう、ありがとう……

12　未来に届《とど》いた手紙

あしたは、日本から、おかあさんとおにいちゃんがここに来る。

四人でワシントンＤＣへ小旅行をして、博物館《はくぶつかん》や美術館《びじゅつかん》を見学したあと、摩耶《まや》さんと別れて、わたしたち三人は日本へ帰る。

今夜は、摩耶《まや》さんとふたりですごす最後の夜。

いつものようにサンクチュアリーから家にもどって、夕ごはんを食べ、あとかたづけをし、二階にあがってベッドの中で本を読んでいると、摩耶《まや》さんが階段の下からわたしを呼《よ》んだ。

「みずき、ちょっとおりておいで。いいものを見せてあげるから」

パジャマのまま一階へおりていくと、リビングルームにある暖炉《だんろ》の中で、まきがパチパチ音を立てて燃《も》えていた。

「さっきから、いいにおいがしてるなぁって思ってた」

「でしょ？　さあ、火にあたろう。気持ちいいよ」

まだ八月の終わりだけれど、ここは山の奥《おく》なので、夜になると急に、空気がひんやりしてくる。窓《まど》の外では、こおろぎやすずむしが鳴いている。木々の枝《えだ》の上で鳴いているのは「グレイ・ツリー・フロッグ」という名前の蛙《かえる》たち。

ゲゲッ、ゲゲッ、ゲゲッ……

摩耶《まや》さんとならんで、暖炉《だんろ》の前にぺたんと腰《こし》をおろして、ふたりで火にあたった。

「あったかいね」

「気持ちいいでしょ」

体じゅうが、ほかほかしてきた。体だけじゃなくて、心もあたたまってくる。

「あの、いいものって？」

「すごくいいものよ。贈《おく》り物《もの》もあるの。でもその前に、あれをかけなきゃ」

摩耶《まや》さんは立ちあがって、暖炉《だんろ》のそばに置かれているレコードプレイヤーのふたをあけた。初めてこの家で摩耶《まや》さんといっしょに夕ごはんを食べたとき、摩耶《まや》さんはわたしのために音楽をかけてくれた。そのとき「黒っぽい箱みたいなもの」だと思っていたのは、このレコードプレイヤーだった。

「魔法《まほう》の箱」

言いながらわたしも立ちあがって、摩耶《まや》さんのそばに行き、黒くて丸いレコードのはしっこに、そっと針《はり》を落とした。プツッ。

この家に来たばかりのころ、二階でねむってばかりいたころ、夜になると一階から、音楽が聞こえてきた。摩耶《まや》さんは、ひとりで魔法《まほう》の箱のふたをあけて、ひとりで音楽を聴《き》いていたのだ。おとうさんの好きだったジャズ。おとうさんが摩耶《まや》さんにプレゼントしたレコード。

「さてさて、お楽しみはこれからよ」

それから、摩耶《まや》さんはわたしに「いいもの」を見せてくれた。

それは一冊《さつ》のアルバムだった。

手にのせると、ずっしりとした重みを感じた。

最初のページをひらくと、かわいらしい赤ちゃんの写真に出会った。

「うわぁ、かわいい！」

ページをめくるたびに、赤ちゃんは少しずつ大きくなっていく。女の子だ。

そのことがわかったとき、わたしは歓声《かんせい》をあげた。

「ああっ、この子、もしかしたら、摩耶《まや》さん？」

「あたり。私《わたし》も昔は、こんなに小ちゃくて、かわいらしかったのよね」

摩耶《まや》さんはくすぐったそうな顔になって、わたしのそばで、赤ちゃんの写真をながめている。

大きくなった赤ちゃんは保育園《ほいくえん》へ、幼稚園《ようちえん》へ通《かよ》うようになり、友だちもたくさんできて、やがて小学生になった。

ランドセルを背負《せお》った摩耶《まや》さんが、桜《さくら》の木の下に立っている写真もあった。

ピアノをひいている摩耶《まや》さん。クローバーの葉っぱで、首かざりを編《あ》んでいる摩耶《まや》さん。どろんこ遊びをしている摩耶《まや》さん。

あるページまで進んできたとき、わたしの手が止まった。

手も目もぴたりと止まったまま、動かなくなった。

「あの、これはもしかして……」

摩耶《まや》さんは「そうよ」と言いながら、大きくうなずいた。

「タツ、こと、龍平《たっぺい》くん、あなたのおとうさんです」

小学生の摩耶《まや》さんの両腕《りょううで》にだかれている赤ちゃん。

泣いているのか笑っているのか、わからないような、しわくちゃの顔をして、くいいるように摩耶《まや》さんの顔を見つめている。

おとうさんにも、赤ちゃんだった時代があった——。

だれにでも、赤ちゃんだった時代はある。あたりまえのことなのに、その「あたりまえ」が、とても不思議なことのように、とてもすてきなことのように思えてくる。

そこから先は、息をつくひまもないほど、夢中《むちゅう》でページをめくった。

摩耶《まや》さんとおとうさんの、子どものころの写真を見ながら、わたしはまるで、一冊《さつ》の本を読んでいるような気持ちを味わっていた。

つぎはどうなるの？

このあと、何が起こるの？

おとうさんはどんな小学生に、摩耶《まや》さんはどんな中学生になるの？

三つか、四つくらいのおとうさんの写真を指さしながら、摩耶《まや》さんは言った。

「タツが保育園《ほいくえん》に通《かよ》っていたころね、保育園《ほいくえん》にむかえに行くのは、私《わたし》の役目だったの。父も母も会社でおそくまで働いていたし、私《わたし》の通《かよ》っている小学校は保育園《ほいくえん》のとなりにあったから。放課後《ほうかご》、私《わたし》がむかえに行くと、タツはいつもジャングルジムのてっぺんまでのぼって、私《わたし》が来るのを待っていた。きっと、高いところにのぼっていれば、遠くから歩いてくる私《わたし》のすがたが、まっさきに見えたからじゃないかな。待ちどおしかったのよね、おむかえが」

心臓《しんぞう》がキュンとちぢまった。

なぜなら、摩耶《まや》さんの声に、涙《なみだ》がまじっていたからだ。

「目にごみが入っただけ」

摩耶《まや》さんは指で目もとをぬぐうと、わたしの頭をくしゃくしゃっとなでた。

「私《わたし》はね、あいつはまだ、死んでないって思ってるの。どこかできっと、こっそり生きてるんだって。だからちっとも悲しくないの。今度会ったら、どなりつけてやる。勝手に死んだりしたら、許《ゆる》さないわよって。こんなかわいい娘《むすめ》と、こんなに美人でやさしい姉を置いて、なんであんたは死ねるのよって」

摩耶《まや》さんの冗談《じょうだん》に、わたしは笑えなかった。

暖炉《だんろ》の中で、燃《も》えつきたまきが、ガサッと音を立ててくずれた。

ほとんど同時に、レコードから針《はり》がすっと離《はな》れた。

音楽が消えて、摩耶《まや》さんとわたしは、夜風と虫の声と蛙《かえる》の歌につつまれた。

そのときわたしは「おとうさんも、ここにいる」と感じていた。

「ねえ、みずき、命と命って、つながっていると思わない？　タツは、あなたと私《わたし》をつないでくれてるし、あなたは、タツと私《わたし》をつないでくれている。そして、タツとこの世界をつないでいるのは、みずき、あなたなの。あなたが生きているかぎり、タツは生きているの。あいつは死なないのよ」

摩耶《まや》さんの言ったとおりだと思った。

おとうさんは、生きている。いつも心の中に。わたしが生きているかぎり、おとうさんもわたしといっしょに生きる。命はたったひとつきりのものだけど、わたしの命とおとうさんの命は、たしかにつながっている。

命はひとつ。

だけど、わたしたちは、ひとりぼっちじゃない。

いつもどこかで、だれかが助けてくれる。ささえてくれる。ささえあっている。ペットロスの会の人たちのように。サンクチュアリーの動物たちと、スタッフやボランティアの人たちのように。

森の動物たち、小鳥たち、虫たちのように。

命と命は助けあって、「ありがとう」を言いあって、たがいをささえあいながら、生きていくことができる。ひとつきりの命を、だからわたしもいっしょうけんめい、生きていこう。おとうさんといっしょに、今、ここにあるこの命を、いっしょうけんめい――。

アルバムを最後まで見終えると、また最初にもどって、最初から最後まで見た。

いつまで見ていても、あきなかった。

ふたたびレコードに針《はり》を落として、写真を見ながら、摩耶《まや》さんは、おとうさんの子どものころの話をたくさんしてくれた。

いつまでも聞いていたかった。わたしの知らないおとうさんの物語は、いつまでも読んでいたい、読みおえたくない本のようだった。

まきがすっかり灰《はい》になり、夜もふけてきた。

「そろそろねようか。あしたは空港までおむかえのドライブ。早起きしないとね」

「うん」

「おやすみ」のあいさつをして、暖炉《だんろ》の前から離《はな》れようとしていると、

「そうだ、贈《おく》り物《もの》をわたすのを忘《わす》れるところだった。これ、みずきにあげる」

摩耶《まや》さんは、アルバムのうしろのとびらについているポケットの中から、紙切れみたいなものをとりだして、「はい」って言いながら、わたしにさしだした。

四つに折りたたまれて、ちょうど写真一枚《まい》くらいの大きさ。なんなんだ

ろう。これが贈《おく》り物《もの》？

「タツから、あずかっていたものなの。あとでひとりであけて。じゃあ、おやすみ」

早口でそう言うと、摩耶《まや》さんはそそくさと自分の部屋にすがたを消した。

二階へあがってから、わたしは紙切れを広げてみた。紙は二枚《まい》。

それは、びんせんだった。

それは、手紙だった。

太くて、ごつごつしていて、角《かく》ばっている、おとうさんの文字。

なつかしい文字が目に飛びこんできた。

白い紙の中から、おとうさんの声が聞こえてくる。

この世に生まれたばかりの、生まれたてほやほやの、ぼくの娘《むすめ》へ
ぼくはきょう、アメリカに住んでいる姉の家の庭に、一本の若木《わかぎ》を植えました。
ハナミズキ。みずきと同じ名前の木です。いつか、みずきといっしょにここをたずねてきたとき、ぼくはこの木をみずきに見せて、そして、この手紙をみずきにわたしたいと思います。その日が来るのが、ぼくはとても楽しみです。
みずきの木には毎年、花が咲《さ》き、実がなります。小鳥たちや虫たちが集まってきます。小さな命を生かすために、木は、この世に存在《そんざい》しているのです。小さな命と小さな命がよりそって、なかよく生きていくために、木は地球に、命の楽園に、なくてはならない存在《そんざい》なのです。

そんな思いをこめて、ぼくは、ぼくらの小さな赤んぼうに「みずき」と名前をつけました。

これから、きみといっしょにたくさんの夢《ゆめ》を見て、その夢《ゆめ》をひとつひとつ、ぜんぶ、実現《じつげん》したいと思っています。

みずきさん、ではまた、会いましょう。

この手紙を読んでいるあなたは、どんな女の子なのでしょうか。

大きくなったあなたは、どんな女性《じょせい》になるのでしょうか。

やさしくて心の美しい、そして、勇敢《ゆうかん》でたくましい女性《じょせい》になってください。

未来のきみに会える日を夢見《ゆめみ》て。

父より

作者　小手鞠るい（こでまり るい）

1956年、岡山県備前市生まれ。同志社大学法学部卒業。

1981年、サンリオ「詩とメルヘン賞」を受賞。

1993年、「おとぎ話」で第12回「海燕」新人文学賞。

2005年、『欲しいのは、あなただけ』で第12回島清恋愛文学賞。

2009年、原作を手がけた絵本『ルウとリンデン 旅とおるすばん』でボローニャ国際児童図書賞を受賞。

おもな児童書の著書に『はじめてのもり』『やくそくだよ、ミュウ』『ミュウとゴロンとおにいちゃん』『きょうから飛べるよ』『お手紙ありがとう』『お手紙まってます』『くろくまレストランのひみつ』『ひつじ郵便局長のひみつ』『きつね音楽教室のゆうれい』『野うさぎパティシエのひみつ』『お菓子の本の旅』『思春期』『心の森』（第58回青少年読書感想文全国コンクール課題図書）『あんずの木の下で―体の不自由な子どもたちの太平洋戦争』『シナモンのおやすみ日記』などがある。

ニューヨーク州在住。

装画　丹地陽子

装丁　塩澤文男＋久保頼三郎（cutcloud）
編集協力　志村由紀枝

いつも心の中に

初版発行　2016 年 9 月　　第 6 刷発行　2018 年 11 月

作　　者　小手鞠るい

発 行 所　株式会社　金の星社
〒 111-0056　東京都台東区小島 1-4-3
電話 03(3861)1861　FAX 03(3861)1507
振替 00100-0-64678　http://www.kinnohoshi.co.jp

印　　刷　株式会社 廣済堂
製　　本　東京美術紙工

乱丁落丁本は、ご面倒ですが小社販売部宛にご送付ください。
送料小社負担にてお取替えいたします。

166P　19.5cm　NDC913　ISBN978-4-323-06337-9

Published by KIN-NO-HOSHI SHA Co.,Ltd. Tokyo Japan